더
붉은
여인

더
붉은
여인

All The More Red Lady

이용두 지음

좋은땅

인간의 사랑은 고귀하면서 때로는 참혹하며, 사랑의 형상은 다양하다. 이 글은 사랑에 맺혀 운명한 여인의 가슴속에서 애타는 절규가 무엇을 말하는지를 보여 주고 있다. 그러한 사랑의 매듭이 또 하나의 새로운 환생을 불러일으켜 주었다는 것을 말해 준다.

제니의 본명은 한서진이다. 그녀는 평택의 송탄에서 태어났다. 초등학교 2학년을 마치고 어머니는 제니를 데리고 의붓아버지인 미군과 함께 미국으로 떠났다. 제니가 어릴 때 꽃집에서 일을 하던 어머니는 대학 강사인 아버지가 사고로 죽자 생활이 무척 어려웠다. 그러다가 어머니가 미 공군 부대에서 잠시 일을 하였는데 동료의 소개로 미군 부사관을 만나서 결혼을 하게 되고, 곧바로 1

년도 안 되어 제니는 어머니와 함께 미국으로 가게 된 것이다. 제니에게 미국에서의 생활은 낯설기만 하였지만 차츰 생활이 익숙해지자 학교 친구도 사귀게 되었다. 순수하고 해맑은 마음을 지녀서 함께 공부하는 동료들과 사이가 좋았다.

제니는 미국에서 고등학교까지 다녔다. 학교에서는 귀엽고 예쁘게 피어나는 학생이었으며, 졸업을 하고 사회 초년생으로서 멋진 숙녀가 되었다. 그동안 미국에서의 생활은 한국 소녀로서 풋풋하고 상큼한 면모를 지니고 참신하게 살아왔다. 하지만 어머니와 미군 아버지와는 아이가 없었기 때문에 어머니와 단둘이 지내기도 하며 무척 적적했다. 그리고 아버지가 멀리 다른 부대로 전출 명령을 받고 떨어져서 지내면서 어머니와 아버지는 사실상 합의 별거 상태가 되었고 어머니는 제니를 데리고 한국으로 돌아온다.

한국에서의 삶은 제니의 가슴을 부푼 기대로 가득 채운다. 그녀의 싹트는 열망은 한국 문화에 흥취를 더하고 문학과 음악에 빠져들게 한다. 하지만 그녀의 꿈은 애절한 사랑 속에 묻혀 버리고 선량하고 신실한 그녀의 눈에는 눈물이 방울방울 가득 고였다가 흐르기 시작한다. 그리고 절박함 속에서 삶을 잃어버리고 사라져 간 그녀에겐 또 다른 운명이 펼쳐진다.

이 글은 한 사람이 여인에 대한 영원한 사랑을 갈망하며 끊임없는 집념을 불태울 때 다시 되살아나는 자아의 숭고함을 보여 준다.

사랑했던 그녀, 잃어버린 그녀, 잊을 수 없는 그녀에 대한 간곡하고 애절한 환상은 아주 뜻밖에 특이한 재회를 하는 현실이 되어 다시 사랑이 싹트고 새로운 삶을 시작한다.

지금은 많이 변하여서 그녀가 살았던 옛날 파라다이스 근처의 다락방이 있는 집은 경로당과 다른 주거 건물들이 들어서 있다. 그 지역은 그녀가 한때 매력에 빠져 즐겁게 보낸 삶의 흔적을 담고 있다. 그리고 그녀는 떠났지만 그녀를 만난 사람에게 영원히 잊지 못할 여인이 되어 가슴속에 살아서 숨을 쉬고 있다.

목차

#01
청초의 꿈

제니의 졸업식에는 미셸도 함께 사진을 찍었다. 졸업식은 늦은 오후에 시작되었다. 두 사람은 졸업하는 학생 중에서 검은색 눈을 가진 유일한 사람이었다. 졸업식장에 여학생들이 와글와글했다. 미국 여자고등학교에는 노란 머리, 빨강 머리, 갈색 머리들이 많지만 검은 머리 학생은 적을 뿐더러 한국 학생은 학년을 통틀어서도 찾아보기가 힘들었다. 학교에서도 유별났던 그녀. 그러나 순수했고 해맑은 마음을 지녔기에 친구들과 사이가 좋았다.

제니는 최우수 졸업생은 아니지만 졸업생 중에 장학금 수상자이었다. 모더보오드라는 졸업식 사각모를 쓰고 가운을 입으니 졸업생들은 모두 같은 색깔이 되어, 식장을 가득 채운 하객들에 둘러싸여서 한눈에 띄었다. 제니는 어머니가 있는 객석을 바라보았다. 어머니는 한 아름 꽃을 들고 아직도 거기에 서 계셨다. 제니가 살짝 돌아서서 어머니가 있는 곳에 손을 흔들었다. 그러자 어머니도 제니를 알아차리고 꽃을 흔들었다. 이윽고 졸업식이 시작했다. 교장 선생님의 인사와 함께 졸업생 대표의 연설이 끝나자 학생들이 하나씩 무대 위로 올라가 교장 선생님으로부터 졸업장을 받았다.

제니의 마음은 생기가 돋아나고 신선하였다. 그녀는 자신의 졸업을 스스로 만족스러워하였다. 하지만 제니는 졸업 후 법학을 공부하고자 하였으나 미국에서 대학을 다닐 수 없게 되었다. 반년 전부터 어머니와 아버지가 별거하여 어머니가 한국으로 돌아가자고 하였기 때문이다.

제니를 아는 친구들은 제니가 항상 마음이 밝고 상냥하고 행동이 올바르고 귀엽다고 여기고 있었다. 제니에게는 미셸이라는 아주 가까운 한국인 친구가 있었다. 이름은 유미선이다. 그녀는 생물학을 전공할 예정이라고 했다. 아버지와 어머니는 모두 미국에 와서 조그만 사업을 하며 일을 하러 돌아다니신다.

1995년 6월 어느새 고등학교를 졸업한 제니의 모습은 아름다운 숙녀로 변신해 있었다. 어머니가 졸업식 날 선물로 준 옷이 무척 아름다워 보였다. 새 옷을 입으니 아주 청순한 숙녀로 변신하였다. 평소에는 청바지나 스웨터를 주로 입고 카디건을 걸치고 다

넀기 때문이다. 그녀는 한국으로 돌아간다는 어머니 말씀을 자주 듣고 되새기며, 그녀가 태어난 한국에서 새로운 꿈을 펼칠 것이라고 자신만만하였다. 제니가 한국으로 간다고 하니까 친구들로부터 섭섭하다는 위로의 편지가 많이 왔다. 하지만 아쉬움을 남기고 제니는 어머니와 곧바로 한국으로 향했다.

02

애틱 제니

어머니는 미 공군 부대에 가깝고 산으로 이어지는 송탄의 언덕
근처에 있는 집에 세를 내고 들어갔다. 아래층은 주인집에서 가게
를 하고자 비워 두었고, 어머니는 2층에 살며 3층 다락방을 제니
에게 주었다. 다락방은 어머니의 방 옆에서 좁은 나무 계단으로
올라갈 수가 있고, 건물 바깥쪽에 있는 계단에서도 문밖으로 나갈
수 있었다. 작은 발코니가 있어서 시원한 바람이 가끔 들어왔다.
비스듬히 기울어진 천장 아래에 낡은 침대와 조그만 책상, 가구
장을 놓는 빈자리 위 벽장에는 이불이 있었다. 쪽문이 하나 있어
나가면 2층 지붕 위에 편리 시설을 하여 싱크대와 바닥의 수도꼭
지에서도 물을 받을 수 있었다. 비교적 작은 다락방이지만 창문을

열면 파란 하늘이 올려다보이고 고개를 살짝 내밀면 숲속의 시원한 공기가 기분을 상쾌하게 하였다. 그리고 집 뒤쪽으로는 언덕을 오르기 전에 텃밭이 있었다. 제니는 다락방에서 지내는 것을 불안해하거나 낡은 방에 크게 신경 쓰지 않았다. 오히려 자신이 한국에 와서 살고 있다는 것에 신바람이 났다.

한국에 온 지 얼마 안 되어서 어머니가

"제니! 너는 한국의 아가씨처럼 잘 어울리는 옷이 많이 필요해! 서울로 구경을 가자!" 하셨다.

제니는 몹시 가슴이 벅차고 마음이 들떠서 아침 식사도 제대로 할 수가 없었다. 그러자 어머니가 구경하려면 많이 먹어야 한다고 했다. 그날 제니는 난생처음으로 서울을 구경하며 경복궁에도 가 보고 이리저리 쇼핑을 즐겼다. 제니는 어머니가 반대하여도 자신이 좋아하는 색감으로 우아하고 아주 마음에 드는 드레스를 많이 골랐다. 저녁 늦게 집에 돌아온 제니는 피곤함을 잊은 채 옷들을 몇 번 입어 보았다. 한국 아가씨라는 것을 증명해 주듯이 제니는 누가 봐도 예쁘고 사랑스런 매력이 넘쳤다. 어머니는 제니의 변모한 새로운 모습에 눈이 휘둥그레졌다.

제니는 하루 종일 즐거웠다. 무엇이 그렇게도 좋은지 어떨 땐 어머니 방에서 오래도록 텔레비전을 보기도 하고, 다락방에서 지내면서 음악을 들었다. 어머니는 흥이 나서 즐거워하는 제니의 모습을 보고 마음이 놓였다. 어머니는 막상 한국에 돌아와서 하나밖에 없는 딸이 어떻게 지낼까 걱정을 많이 했는데 오히려 제니가 신나게 생활하니까 마음이 흐뭇했다.

제니는 미국에 있는 친구들에게 편지를 했다. 자신이 살고 있는 곳을 소개하며 너무 좋고 다락방에서 즐겁게 시간을 보낸다고 하였다. 그때부터 편지가 올 때는 애틱 제니라고 해서 왔다. 어떤 친구는 88올림픽이 끝난 지 7년이 흘렀어도 어릴 때 한국을 방문하여 인상 깊은 소감을 말하면서 다시 한국에 오고 싶다고 했다. 졸업한 친구들은 각자 자신이 이루기 위한 꿈을 찾아서 즐거운 생활을 하고 있다고 하며, 한국에 사는 제니에게 미래의 어둠을 밝히는 등댓불이 될 것이라고 했다.

그해 가을에 어머니는 미국 국적의 제니를 미 공군부대 안에 있는 메릴랜드대학에 입학시켰다. 어머니는 한국에 와서 제니의 앞날이 상당히 많이 염려되었는데 다행히도 학교에 보내게 되니 크게 기뻐하였다. 제니는 메릴랜드대학의 순수미술과를 다녔다. 하지만 그녀의 학교에서 오면 일상은 한국 문화에 흥미를 가지고 날마다 푹 빠져 있었다. 한국 문학을 심취해서 자기 자신을 잊어 가며 읽기도 하고, 어떨 땐 가요를 들으며 가사에서 흐르는 애절한 정취와 매력에 황홀하기도 했다. 어느 날 학교에서 만난 한국인 친구는 제니가 한국 노래를 좋아한다니까 자신의 어머니가 모아 놓은 음악 카세트테이프를 몽땅 가져다주었다. 제니는 거기에서 흘러나오는 가수 '박인희'의 〈끝이 없는 길〉을 처음으로 들어 보고 마음이 애달고 슬퍼하기도 했다. 자신에게 맞는 우리 가요를 선곡하여 들을 수 있게 되고 나서 마음이 한적할 때는 '민해경'의 〈어느 소녀의 사랑이야기〉를 몇 번씩이나 듣곤 하였다.

제니는 학교를 다니면서 어느새 날씬하고 단정한 숙녀로 성장했다. 언제나 학교에서 돌아오면 밤새도록 한국 문학을 읽었다. 또한 한국의 생활이 차츰 익숙해지자 한국 사람들이 이해가 되고, 한국 문화가 참으로 신기함을 알게 되었다. 그녀는 메릴랜드대학에서 2학년이 될 때까지 그렇게 즐거운 나날을 보냈다. 어머니는 그 옛날처럼 꽃집으로 일을 나가시고, 제니는 다락방에서 책을 읽고 흥취하며 무언가 깨닫게 되면 즐겁고 신이 나서 콧노래를 부르며 흥얼거리기도 하였다. 그녀만의 공간인 다락방은 보스턴의 복잡한 도시 생활에서 벗어나 너무나 좋았다.

다락방 창가에서 주변의 작은 산을 가끔 내다보기도 하며, 나무 사이로 상큼한 바람이 불어오고 운치가 좋을 때면 제니는 마음에 닿는 음악 속으로 빨려 들어갔다. 제니는 초등학교 2학년을 마치고 미국으로 간 후에 어머니와 대화할 경우를 제외하고는 한국말을 거의 사용하지 못했다. 제니가 미국에 있을 때는 어쩌다 만나는 한국인에게 관심을 가졌지만 지금은 온통 어디서나 한국말만

나온다. 이제는 너무 신기하고 궁금하여 TV나 라디오를 켜고, 좋아하는 프로가 나오면 마냥 즐겁고, 의미를 되새기며 한국적인 가사에 정감을 느끼며 이해하였다. 때로는 노래를 듣다 보면 바깥에서 무슨 일이 있는지 전혀 관심이 없었다. 어떤 때는 눈을 감고 이어폰을 귀에 꽂고 계속 듣다가 어머니가 방에 들어오는 것도 모르고 눈을 뜨니 어머니가 앞에 앉아 있었다. 어머니가

"애! 서진아! 넌 날마다 뭘 하기에 방에 틀어박혀서 나오질 않니?

엄마가 밖에서 그렇게 불러도 대답도 없고! 뭐 했니?" 하고 묻자 서진이는

"엄마! 제발 나 좀 건드리지 마!

나는 지금이 너무 좋단 말이야!

특별한 일이 있으면 올라오고, 그렇지 않으면 내가 때가 되면 아래로 내려갈게!" 하고 대답했다. 어머니가

"그걸 말이라고 하니?

엄마가 네가 궁금하여 올라와 보지도 못하니?" 하자

"엄마! 제발 난 괜찮으니까 너무 많이 염려하지 않으셔도 돼요!" 했다.

그렇게 계절이 지나가서 가을이 되었다. 어느 날 서진은 다락방에서 홀로 책을 읽으며 쓸쓸함이 마음에 휩싸였다. 그런데 어머니가 올라와서 주인이 말해 준 고구마를 캐자고 하셨다. 처음 왔을

때부터 조그만 텃밭에 심어져 있었던 고구마가 벌써 캘 때가 된 것이다. 서진은 고구마가 무척 궁금하였다. 한 번도 고구마를 캐 본 적이 없었다. 자라나는 고구마 잎도 여기 집에 와서 처음으로 본 것이다. 서진은 땅속을 호미로 뒤집어서 고구마가 나오니 참 신기했다. 어머니에게

"고구마가 많이 자랐어요!" 하니까

"제법 많이 알맹이가 크구나!

조그만 땅에서도 상당히 많이 캘 것 같다." 말씀하셨다.

캐 낸 고구마가 세 자루나 나왔다. 그날 저녁에 고구마를 쪄서 서진은 맛있게 먹었다. 그런데 어머니가

"서진아! 다음 달에 도토리와 밤이 익으면 우리 따러 가자." 하셨다. 서진이

"도토리와 밤을 어디서 따요?" 하고 물었다.

"야! 너는 지나다니면서 도토리나무, 밤나무도 못 봤니?

바로 옆에도 많이 있다."라고 하셨다. 서진은

"그래요? 나는 잘 몰라요! 같이 가요!" 하고 대답하면서 신기해 하였다. 어머니는 시골에서 자랐기 때문에 농사일과 과일나무에 대해서 잘 알고 계셨다.

03

어머니의 갑작스런 병환

해가 바뀌어 서진은 학교에서 친구도 사귀고 근처를 돌아다니며 제법 한국에 대해서 많이 알게 되었다. 그런데 가을이 오면서 어머니가 갑자기 병이 나시더니 꽃집으로 일을 나갈 수 없게 되었다. 병원으로 갔으나 너무 늦게 발견된 말기 암이었다. 어머니는 집에서 지내시다가 점점 힘을 잃어서 혼자 거동하기가 많이 불편하셨다. 서진은 어머니를 옆에서 지켜보며 돌봐 드렸지만 걱정이 많이 되었다.

어머니는 서진이가 많이 염려되고 안타까워서

"서진아! 엄마가 너무 아파서 미안하다.

봄에 심어 놓은 고구마가 잘되었는지 보고 싶다."고 하셨다. 서

진은 어머니를 부축해서 데리고 나갔다. 고구마가 생글생글하게 잘 자라고 있었다. 서진이 어머니께

"어머니 걱정하지 마세요!

내가 모두 캐서 잘 보관해서 먹을게요!" 하고 말하자

"그래! 서진아! 잘 캐서 맛있게 먹어라!" 하셨다.

서진이

"그런데 엄마! 작년에 캔 고구마가 조금 남아 있는 것 같아!

집으로 들어가서 우리 고구마 구워서 먹자!" 하였다.

어머니가 빙그레 웃으면서

"그래! 그렇게 하자!" 하시니 서진은 어머니를 다시 방으로 데려다 눕혔다. 서진은 작년 가을에 캔 고구마를 찾아서 굽지 않고 삶아서 어머니께 가져왔다. 그리고 어머니를 일으켜서 먹을 수 있도록 물과 함께 드렸다. 어머니는 조금 드시더니 그만 멈추었다. 그러면서

"서진아 너 많이 먹어라!" 하셨다. 서진은 그러시는 어머니의 모습을 보고 마음이 매우 아파서 눈물이 나왔다. 하지만 얼른 어머니 앞에서 눈물을 감추고 고구마를 먹었다. 어머니가

"고구마가 맛있냐?" 하고 물었다. 서진이

"엄마! 정말 맛있어!" 하고 대답을 하자

"그래! 천천히 먹어! 여기 물도 마시고!" 하셨다. 서진이가 고구

마를 계속 먹고 있으니까 이야기를 해 주었다. 어머니는 어릴 때 할머니와 산 너머에 있는 시골 마을의 초가집에 사셨다고 했다. 겨울에 할머니께서 아궁이에 불을 때시며 고구마를 구워서 주었는데 자꾸 먹고 싶어서 어머니는 할머니께

"엄마! 내가 산에서 나무 주워 올게.

고구마 더 구워 줘!" 하면 할머니가

"그래! 집에 나무가 있으니까 멀리 가지 말고 근처에서 조금 주워 와!" 하셨다고 했다. 그리고 불을 지피고 고구마를 구워 주셨는데 그 맛이 꿀맛이었다고 말씀하셨다.

어머니는 더 이상 집에서 지내지 못했다. 가까운 시골 호스피스 병원으로 옮겨서 입원을 하셨는데, 서진은 날이 갈수록 엄마의 초췌한 얼굴을 보고 너무 슬퍼서 눈물이 났다. 서울에서 할머니가 멀리 살고 있는 외삼촌하고 오셨다. 할머니의 모습은 이전보다 나이가 무척 더 들어 보였다. 할머니께서도 걷기가 불편하고 건강한 몸이 아니었다. 예전에 서진이는 어머니하고 두 번 할머니 댁에 다녀온 적이 있었다. 병원을 찾아오신 할머니께 서진은 공손히 인사를 드렸다. 할머닌 어머니를 보자마자 붙잡고 눈물을 흘리셨다. 손수건으로 눈물 닦으며 다시 어머니를 쳐다보았다. 어머니가 할머니께

"엄마가 우리 딸 서진이를 잘 보살펴 줘!" 하면서 할머니의 손을

붙잡았다. 그리고 다시 손을 옮기어 서진이의 손을 잡고

"서진아! 엄마가 너를 홀로 남기고 가서 엄마가 너무 미안해!"
하시며 마음을 애절해하셨다.

열흘이 안 되어서 어머니는 돌아가셨다.

어머니가 서진의 손을 꼭 붙잡고

"외할머니를 가끔 찾아뵈어라!" 하며 숨을 거두시자 서진은 너
무나 슬퍼서 눈물을 펑펑 쏟으며 소리를 크게 내어 울었다.

어머니의 장례는 무빈소로 하였다. 조문 오실 분이 없기에 무빈
소로 하는 것이 낫다고 하였다. 부고를 알리지 않고 조용히 장례
를 치렀다. 노령인 외할머니와 외삼촌이 다녀가셨고, 연락한 2명
의 학교 친구가 왔다가 갔다. 화장을 하고 지역 납골당에 안치를
하였다.

이제 서진 혼자가 되었다. 가까이에서 보살펴 줄 사람은 아무도
없었다. 추운 겨울이 다가오는데 서진은 홀로 지내면서 마음을 가
다듬지 못하며 몸이 지쳐 갔다.

겨우 정신을 되찾고 하나하나씩 어머니 물품을 정리하다 보니
앞으로 해야 할 일이 걱정되었다. 어머니가 돌아가시고 나니 살길
을 마련해야 했다.

당장 앞길이 막막하여 학교를 다니는 것이 어려울 수가 있었다.
그래서 서진은 주인집 아주머니에게 연락하여 전세금을 돌려받고

사정을 하여 다락방에서 그대로 지내면서 월세를 내기로 하였다. 하지만 월세가 많지는 않아도 지금으로서는 학비를 내고 나면 생활비가 턱없이 부족했다.

서진은 일단 일자리를 구해야 해서 친구를 찾아가 어렵게 알아보았다.

눈이 겨울비가 되어 부슬부슬 내리는 날 서진은 창밖을 보며 어머니의 모습을 떠올렸다. 그녀의 기억 속에서 엄마와 함께 있을 때는 늘 행복하였다. 그때는 이 세상에서 혼자가 아니었다.

엄마와 함께 있으면 마음이 포근하고, 무엇이든 할 수 있게 해주어서 든든하였다.

서진은 어머니를 생각하다가 흘러나오는 눈물을 닦으며 예전에 읽었던 책을 꺼내 놓고 보기를 시작했으나 잘되지 않았다.

서진은 겨울 동안을 어머니의 정에 사무쳐서 책상에 웅크리고 앉아 거의 시간을 그렇게 보냈다.

1997년 2월이 되면서 그녀는 부대 앞 카페의 바텐더로 일을 나갔다. 카페 이름은 블루재즈이고 외국인들이 많이 드나들었다.

오후 늦게 나가고 자정이 훨씬 넘어서까지 일을 해야 했다. 몸이 많이 피곤했지만 제니는 그래도 견디면서 일을 하며, 어려움이나 커다란 부담을 느끼지 않고 재치 있게 일을 하였다.

학교에 가지 않는 날은 집에서 좋아하는 한국의 책을 읽었다. 가끔 읽다가 어머니 모습이 떠오르면 몹시 보고 싶어서 견딜 수가 없어 그대로 책을 덮어 버렸다.

그리고 지난날을 돌아보니 자신에만 푹 빠져 지내며 엄마에게 잘해 드린 것이 없다는 것이 너무 후회가 되어 마음이 아팠다.

#04

블루재즈의 탄성

봄이 다가오는 무렵 2월 말이 되었다. 블루재즈 홀 천장에 분홍빛이 번들거리는 유리 대롱이 여기저기 현란하게 돌아가고 있었다. 홀 안에는 두 명의 바텐더 아가씨가 있고 외국인들이 서너 명 앉아 있었다. 이른 초저녁이라서 손님들이 많이 들어오기는 아직 이른 시간이었다.

한국인 청년 두 명이 블루재즈에 들어왔다.

"어서 오세요!" 하며 서진의 상냥하고 애틋한 목소리가 초저녁에 카페 안으로 들어오는 두 사람을 반기었다. 아마도 두 사람은 서로 친구 같은데 맥주를 한잔하려고 들린 것 같았다. 옆에 있는 '줄리' 언니가 서진에게

"제니! 저기 머리 길고 안경 쓴 사람 잘해 드려!

가끔 오는 손님이야!" 하였다.

제니가 가까이 갔는데도 그들은 서로 이야기만 주고받고 있었다. 이야기하는 것으로 보아 평택에 거주하고 친구는 다른 곳에서 온 것 같았다. 제니가 기다리다가 조금 벗어나서 다른 곳으로 가니까 '줄리' 언니가 그들에게 다가갔다. 언니가 말한 그 청년이 얼른 인사를 하였다.

"아가씨! 오랜만이네요.

기네스 둘 주세요." 하였다. 그러면서 옆 친구에게

"여기는 기네스가 좋아!

그래서 시킨 거야!" 하고 말했다. 그러자 언니가

"기네스 두 개요?

지난달에 왔죠?

오랜만이네요!" 하니까 그 청년이

"어떻게 잘 아네요?

한 달이 빨리 지나갔네요!" 하고 대답했다.

조금 떨어져 있던 제니가 빨리 기네스 두 잔을 만들어서 갖다 주었다. 두 사람이 살짝 마시면서 서로 뭐라고 이야기했다. 그 청년이

"처음 보는 아가씨인데요?" 하면서 쳐다보았다. 그때 언니가 다시 가까이 와서

"여기는 이번에 새로 온 제니라고 해요."라고 말하였다. 제니가 빨리

"안녕하세요?" 하면서

"한국 이름은 서진이에요. 한서진이요." 하였다. 가끔 카페에 왔다던 그 청년이

"나는 종혁입니다."라고 하면서

"여기는." 하고 옆에 있는 친구를 보고 말을 하려다가 그만두었다. 서진을 쳐다보며

"우리가 나이가 많으니까 그냥 오빠라고 불러요!" 하고 말했다. 서진이

"네! 그럴게요." 하면서 다른 곳으로 가려고 하는데 옆의 친구가

"내 이름은 주훈이라고 합니다."라고 말하였다.

줄리 언니는 가까이 와서

"사실 나는 올해 6월에 그만두어요.

여기 제니가 학교에 다니고 주말에 나오는데 그때는 방학이니까 맡아서 할 것이에요." 하였다. 그러자 종혁이

"그 학교는 방학을 왜 그렇게 빨리하는가!" 하며 궁금한 표정을 지었다. 그때 종혁의 옆으로 다가온 제니가

"어디서 오셨어요?" 하고 물었다. 종혁이

"나는 평택이라서 가끔 여기 오는데 이 친구는 오늘 처음입니다.

———

서울에서 내려왔어요."라고 하였다. 잠시 머뭇거리다가 곧

"내가 토요일이라서 이곳으로 데려오며 한잔하자고 했습니다."

그러자 제니가

"그러세요? 앞으로 자주 오세요!"라고 말하고 저쪽으로 가서 일을 하였다. '줄리' 언니가 오더니 종혁에게

"제니는 착해요! 금방 일도 잘 배우고 친절해요." 하였다.

조금 후 두 사람은 카운터 쪽으로 외국인 몇 명이 들어오자 자리가 비좁을 것 같아 창가 쪽으로 옮겨서 앉으려고 하다가 다시 카운터의 가장자리에 함께 앉았다. 그리고 기네스를 마시었다. 친구 주훈이 기네스를 마시면서

"종혁아! 다른 곳 흑맥주보다 여기 기네스가 참 시원하고 맛이 더 좋다!"라고 말했다.

카페의 분위기에 맞추어 계속 음악이 흘러나왔다. 그런데 종혁이 제니가 가까이 다가왔을 때 주훈에게

"다른 것도 마셔 보겠냐?" 하고 물었다. 그러면서

"이곳에는 특이한 맥주나 와인도 있는데 '아이리시 밤'이라고 해!" 하였다.

주훈이

"그래?" 하고 궁금한 듯이 고개를 끄덕이며 가까이에 있는 제니를 쳐다보았다. 그러자 그만 마음이 상기되면서 뭉클했다. '아! 이

렇게 예쁜 애가 여기에 있었구나!' 예쁜 데다가 상냥하고 그녀의 눈빛은 초롱초롱하고 선명하였다. 그러나 주훈은 얼른 고개를 돌려 버렸다. 내가 이런 곳에서 마음을 뺏기면 안 된다는 생각이 먼저 들었다. 주훈은 다른 곳으로 시선을 돌렸다.

블루재즈에 온 외국인들은 서로 서로가 매우 즐거워 보였고, 여기저기서 웃음소리가 들려왔다. 술잔을 비우고 또 한 잔을 시키는 모습이 상당히 활발하고 아늑한 분위기를 자아내었다. 종혁은 주훈에게 '아이리시 밤'을 마시는 방법을 보여 주고 따라서 하라며 원 샷으로 함께 한 잔을 들이켰다.

상당히 술맛이 독하지 않으면서도 달콤하고 향기로우며 상큼한 뒤끝이 시원하게 감칠맛이 났다.

술기운이 돋자 종혁이 주훈에게

"너 영어를 할 수 있으면 미국 사람들에게 말을 건네 봐!"라고 하였다. 그러자 주훈이 고개를 들어서 주위를 쳐다보았다. 옆에 있는 외국인에게 영어로 말을 건네려고 하였지만 몇 마디의 단어와 짧은 문장도 생각나지 않고, 어리어리하여 자신이 처한 분위기가 옆에 앉은 미국인에게는 어색하기가 짝이 없었다. 그때 제니가 가까이 오면서 술잔이 빈 것을 보자 종혁이 '아이리시 밤'을 한 잔씩 더 시켰다. 제니는 술을 만들 수 있도록 준비하여서 주훈에게 살짝 웃으면서 갖다 주었다. 주훈이 제니에게 말을 하였다.

"여기 술맛이 좋아요!

내가 처음 마셔 보는 술이네요." 하자 서진이

"예! 맛이 좋아요!

나도 처음에 와서 그랬어요!" 하였다.

"그래요? 그러면 내가 한 잔을 사 드려도 되어요?" 하니 서진은

"아녜요! 고맙지만 지금은 안 마셔요." 하면서 빨리 다른 곳으로 가 버렸다. 그리고 분주하게 다른 술 주문을 받고 있었다.

제니가 능숙한 영어로 주고받는 대화가 도대체 서로 무슨 말을 하는지 알 수가 없었다.

주훈이 종혁에게

"야! 나 여기가 참 좋다.

너는 언제부터 너는 여기 왔니?" 하고 물었다. 종혁이

"나도 6개월 전에 알바할 때 아는 사람이 나를 데리고 왔고 그 후에 어쩌다 가끔이지 자주는 아니야!" 했다. 주훈이

"여기 이 술의 이름이 뭐라고 했지?" 다시 묻자 종혁이

"아이리시 밤이라고 해." 하였다. 주훈은 술 이름의 의미가 생소하여서 의아해하며

"야! 나는 처음 마셔 보는데 상쾌하고 맛이 좋고 괜찮은 것 같다." 하였다. 종혁이

"그래? 그러면 한 잔만 더 할까?" 주훈이

"그래 그러자!" 하며 말할 때 마침 제니가 가까이 왔다. 주훈은 서진에게 말을 영어로 "한 잔을 더 마시겠다." 하려고 했다. 그런데 말이 얼버무려져 잘 나오지 않았다. 한 잔을 더 시키려다가 표현이 어설퍼서 난처하게 되었다. 주훈은 말이 안 되고 헛도니 쑥스럽고 창피하기만 했다. 그러자 서진이 오히려 호호하며 깔깔깔 벙긋 웃으며

"그냥 한국말로 하세요!" 하였다. 주훈은 서진에게

"어떻게 영어를 잘하세요?" 하며 물었다. 그녀는 주훈을 쳐다보고는

"그냥 해요." 하면서 웃음을 머금은 채 저쪽으로 가 버렸다. 주훈은 그녀를 다시 한번 쳐다보았지만 더 이상 말을 잇지 못했다.

블루재즈에서는 노래를 미국의 사이트에 맞추어 선곡하도록 되어 있었는데, 어떤 미국인은 그 자리에 마냥 죽치고 앉아서 자신의 흥미에 맞는 곡을 찾으며 계속 음악을 들려주고 있었다.

가끔씩 어떤 외국인들은 밖으로 나가서 담배를 피우고 다시 돌아왔다. 주훈은 약간의 취기가 돌아서 음악을 듣다가 외국 사람들이 더 많이 들어오자 종혁이와 나와서 집으로 향했다. 그런데 주훈은 그녀의 인상과 모습이 너무나 남아서 자꾸 떠올랐다. 그리고 다시 그곳에 오고 싶어졌다.

한 주가 지나고 금요일 오후가 되자 주훈은 다시 그 카페에 가

고 싶어졌다. 종혁이가 카페는 주말인 금, 토, 일요일에만 열고 주중에는 닫는다는 말이 생각나서 주중에 가고 싶어도 어쩔 수가 없었다. 주훈은 옷을 맵시 있게 입고 고속버스를 타고 송탄의 미 공군부대 앞 블루재즈 카페로 갔다. 주훈은 마음이 설레며 카페에 들어갔다. 그런데 카페 안에 사람들이 많이 있었다.

'웬 사람들이 이렇게 많이 있을까?' 외국인이 많고 한국인도 여러 명 있었다. 외국인들이 야단법석을 떨며 즐거워하고 있었다. 주훈은 카운터 쪽에 앉지 못하고 창가 쪽으로 앉았다.

뒤쪽에 앉은 한국인들에게서 들리는 이야기로 알고 보니, 미군의 한 주간 훈련이 금요일 오전에 끝나서 기분이 상기되고 홀가분하여 많은 병사들이 부대 밖으로 나왔다고 하였다.

카페 카운터 안쪽에서는 한 미군 병사가 분주히 서빙을 하며 도와주고 있었다. 일손이 모자라 스스로 자원하며 서빙을 하는 것이 능숙했다. 예전에 카페에서 일을 해 본 사람처럼 즐거워하며 '줄리'를 돕고 있었다. 주훈은 사람이 많아서 카운터 쪽으로 자리를 옮길 수가 없었다.

그대로 멀찌감치 앉아서 앞쪽을 주시하였다. 그런데 제니가 보이지 않아서 상당히 궁금했다. 마음에 상당히 조바심을 하고 있는데 줄리가 다가와서

"오셨어요?" 하며 인사를 했다. 그래서 주훈은

"저 기네스요!" 하고 말하니 줄리가 고개를 끄덕했다.

미군 병사가 기네스를 갖다 주었다. 주훈은 앉아서 주위 사람들을 구경했다. 거의 한 시간이 지나니 외국인들이 많이 빠져나갔다. 그래서 주훈은 자리를 카운터 쪽으로 옮겼다. 기네스를 한 잔 더 시키자 줄리가 술잔을 가져오며

"오늘은 사람이 많이 왔어요.

외국인들이 파티가 있었던 모양인데 헤어지면서 우리 카페로 들어온 것 같아요.

서로들 한 잔씩 더하다가 즐기며 요란들 해요."라고 하였다. 그러면서 다시

"조금 있으면 또 한 무더기 그룹이 또 올지도 몰라요." 하였다. 주훈이 줄리에게

"제니는 어디 갔어요?" 하니까

"제니는 오늘 못 나와요. 잠깐 들린다고는 했어요.

학교 친구들과 오늘 모임이 있다고 해요." 그 말을 듣고 주훈은 많이 아쉬워했다. 주훈은 조금 더 음악을 듣다가 카페에 사람들이 계속 밀려 들어오자 곧 나갈 생각을 하고 남은 기네스를 다 마셔서 잔을 비웠다.

그때 마침 카페 문 안으로 여자가 들어왔다. 그녀는 제니였다. 제니는 새롭게 모습이 바뀌어 있었다. 아마 오늘 모임에 가려고

머리를 한 모양이었다. 주훈은 많이 상기되어 있었는데 제니가 들어와서 줄리에게 뭐라고 말을 하고 주훈을 쳐다보지도 않았다. 매우 바쁜 모양이었다. 그래서 주훈은 그녀를 쳐다보고

"안녕하세요?" 인사를 하니까 제니는 얼른 쳐다보고는 상냥하게

"네! 안녕하세요? 오셨군요?" 하였다. 그리고는

"내가 바빠서요. 가야 해요." 하고 다시 나갔다.

주훈은 갑작스럽게 부딪친 상황에 마음이 벙벙하여서 그저 손만 올려 흔들고 말았다.

주훈은 하는 수 없이 기네스 한 잔을 더 시켜 마시려다가 조금 지난 후 카페를 빠져나왔다. 마음이 씁쓸하고 뭔가 아쉬움으로 가득 찼다. 그녀를 쳐다보면서 조금 더 시간을 함께하고 싶었지만 허망하여 돌아오면서 다음에 다시 그곳으로 가서 그녀를 보겠다고 마음을 굳혔다.

05

초록 빛깔의 미혹

다음 금요일이 되었다. 주훈은 막상 '오늘 허망한 일이 또 일어날까?' 하며 마음이 졸였다. 그러다가 종혁에게 연락을 하여 블루재즈 카페에 가자고 했다. 종혁이 약속이 있으니 토요일에 가자고 하였다. 하는 수 없이 주훈은 토요일에 종혁과 시간 약속을 다시 정하여 카페에서 만나자고 하였다.

토요일이 되자 주훈은 서둘러서 블루재즈 카페에 일찌감치 갔다. 초저녁이라 카페에는 사람들이 없어 보였다. 저쪽에 겨우 미국인 두 명이 창밖을 바라보며 술잔을 내려놓고 앉아 있었다. 그런데 오늘은 야릇하게 천장에 초록 빛깔로 바뀐 유리 대롱들이 여기저기서 돌아가며 온통 초록색 조명을 쏟아 내고, 카페 안은 초록색 분위기에 휩싸여 있었다. 카운터에는 알 수 없는 초록색 깃발이 꽂혀 있고, 초록색 셔츠를 벽에 여기저기 부착해 놓았는데 클로버 무늬가 그려져 있었다. 카운터 한쪽으로 야릇한 맥주와 양주가 쭉 진열되고, 위쪽 창문을 바라보니 초록색 사람 인형이 크게 스마일하면서 손을 흔들고 있었다.

주훈은 참으로 난생처음 보는 야릇한 분위기에 휩싸여서 마음이 어리둥절했다. 그런데 홀 안에는 바텐더 아가씨가 보이지 않았다.

"너무 일찍 왔구나!" 하고 그저 앉아 있으니까 줄리가 나타났다. 조금 피곤한 것 같이 보였다. 주훈에게

"안녕하세요? 오늘 일찍 오셨네요!"라고 했다. 그러자 주훈도

"어제 여기에 오려고 하다가 친구와 약속을 오늘로 잡았습니다." 하며 싱긋 웃었다. 그런데 주훈은 제니의 모습이 또 보이지 않자 많이 궁금해하였다. 줄리가 주훈의 마음을 살짝 알아차리기도 하듯이

"제니는 어제 금요일 밤늦게까지 손님이 많아서 잠을 제대로 못 잤는데 늦게 나온다고 했어요." 하며 토요일인 오늘도 손님이 많이 올 것이라고 했다. 주훈이

"저 기네스요." 하니까 줄리가 기네스를 가지고 왔다. 그러면서 월요일이 '성 패트릭데이'인데 미군들은 근무하는 날이라서 올 수 없으니까, 쉬는 날인 오늘 토요일부터 기분을 내고자 카페에 많이

들어올 것이라고 했다.

주훈은 조바심 갖고 의아해하면서 출입문 쪽을 넌지시 자주 쳐다보았다. 주훈이 기네스 한 잔을 아직 덜 마셨는데 친구 종혁이 들어왔다. 종혁이도 카페에 들어와서 초록색 분위기가 신기한 것처럼 어리둥절했다. 주훈은 종혁을 부르고 반가워서 손을 잡았다. 그렇지만 사실은 제니가 나타나기를 고대하고 있었다.

종혁이

"오늘은 어떤 특별한 뭐가 있나요?" 하고 줄리에게 물으면서 다시 한번 눈을 돌려 주위를 둘러보았다. 그러자 주훈이 얼른 말을 받아서

"성 패트릭데이라고 해!" 하고 대답을 했다. 그리고는 종혁에게 기네스 한 잔을 시켜 주면서

"지난번에 술값을 네가 냈으니까 오늘은 내가 낸다." 하고 말하였다. 종혁이

"그럼! 오늘은 네가 모두 다 내는 거야!" 하고 주훈의 얼굴을 쳐다보았다. 주훈이

"그럼! 물론이지!

그래서 내가 너에게 여기 오자고 전화를 한 거야!" 말하며

"종혁아! 지난번에 그 술 이름이 뭐였지?

맛이 향긋하며 달콤하고 끝맛이 정말 좋았어!" 하니까 종혁이

"야! 너는 영어를 배웠으면서 아직도 술 이름을 기억 못 하니?"
라고 했다. 주훈이

"야! 나는 다른 것은 잘 기억하는데 솔직히 영어는 잘 안 돼!
말하는 영어를 전혀 안 해 봤거든!"라고 했다.

그때 줄리가 다가와서

"오늘 오는 손님에게는 그린 비어를 덤으로 한 병씩 드립니다."
하고 색다른 작은 맥주병을 하나씩 갖다 주었다. 그리고 다른 손
님들이 들어오자 그곳으로 갔다. 주훈이 종혁에게

"패트릭데이가 무엇인지 아니?" 하고 묻자 종혁이

"잘 모르지만 특별한 밤인가 봐!" 하면서 두 사람은 그린 비어를
한 모금씩 맛을 보았다. 똑같은 맥주 맛인데 뭘 넣었는지 모르지
만 약간 초록색 빛깔이 났다. 한 병을 다 마시자 주훈이 종혁에게

"그 맛있는 술 한잔하자!" 하였다.

두 사람은 '아이리시 밤'을 시켜서 단숨에 들이켰다. 점점 들어
오는 손님들이 많아졌다. 그런데 그들은 거의 한결같이 녹색 티를
입고 녹색 분장하거나 얼굴에 녹색을 칠하고 들어왔다. 서로 떠들
어 대며 상기되어서 술을 마셨다. 그때 머리에 큰 녹색 리본을 하
고 녹색 스웨터를 입은 한 아가씨가 들어왔다. 그녀는 제니였다.
손님들이 제니가 들어오자 환호의 박수를 쳤다. 그리고 어떤 사람

은 제니와 함께 여러 명이 나오도록 카페의 사진을 찍었다. 주훈과 종혁도 신나는 카페 분위기에 싸여서 들뜬 사람들과 함께 동화되었다. 미군들이 한 주간 근무를 끝내며, 얽매이고 긴장된 생활을 벗어나 부대 밖으로 나왔는데 '패트릭데이' 분위기와 겹쳐서 요란스러웠다.

제니가 바쁜 틈에 주훈을 보면서 싱긋 웃는 듯하더니

"오셨네요?" 하고 인사를 했다. 그리고 손님들에게 손이 바빠서 어쩔 줄 몰랐다. 그래서인지 오늘도 예전의 미군 병사 도우미까지 와서 함께 일을 하고 있었다. 쾌활하고 빠른 음악과 그들끼리 흥청대며 떠들어대는 시끄럽고 소란한 분위기에 싸여서 두 사람은 한동안 구경하듯이 쳐다보기만 하였다.

종혁이 말했다.

"오늘은 너무 시끌벅적하는 것 같다.

서로들 즐겁고 취해서 뭐라고 떠들어대는지 알 수가 없고, 또 음악 소리도 커서 이야기를 들을 수도 없다.

우리 조금 있다가 나가자!" 하였다. 주훈도 고개를 끄덕이며

"그래! 나가야 할 것 같아!" 하며 시간이 흐르는 것을 아쉬워했다.

두 사람은 한 음악 끝나자 곧바로 빠져나왔다. 나와서 둘러보니 부대 정문에서부터 쇼핑몰 주변이 온통 외국인들로 혼잡하였다. 종혁이 말했다.

"너 우리 집에 가서 예전처럼 잠자고 갈래?" 하자 주훈이

"아니야! 내일 어머니 생신이라 일찍 가 봐야 할 것 같아!

식구들이 모여서 밖으로 나간다고 했거든!" 하고 말하자 종혁이

"그래! 그럼 너는 막차를 타고 서울로 올라가야 해!

차 시간이 늦겠네!" 하였다. 종혁이 주훈에게 다시 말했다.

"주훈아! 너 제니 어때?

멋있고 말쑥하고 예쁘지?" 하고 묻자 주훈이 고개를 끄덕이며

"내가 많이 좋아하는 타입이고 상냥하고 때로는 새침해!" 하면서

"그런데 집에 있으면 자꾸 보고 싶을 때가 있어!"라고 말했다.

종혁이

"그러면 다음에 만나서 네가 데이트를 신청해 봐!" 하였다. 그러

자 주훈이

"그럴까! 그럼 다른 곳에서 만나야 해! 카페가 아니고?

그런데 나는 제니가 어디 근처에 사는지도 모르니 네가 기회가

되면 알아봐 줄래?" 하고 말하였다. 종혁이

"그럼 다음 주라도 내가 알아보고 연락을 할게.

토요일에 시간이 되면 내려와!" 하고 두 사람은 헤어졌다.

그런데 주훈은 연락이 없어서 토요일에 내려올 수가 없었다. 그
다음 주가 되자 종혁에게서 연락이 왔다. 제니와 이야기를 하면서

사는 곳을 알아봤다는 것이다.

"네가 제니를 다른 곳에서 만나고 싶어 한다."고 했는데 전화번호를 가르쳐 주지 않았다고 했다. 그리고 대강 살고 있는 근처를 설명해 주었다.

금요일 오후가 되니 주훈은 서진이 많이 보고 싶어서 견딜 수가 없었다. 어머니가 차려 준 점심을 간단히 먹고 정신없이 일찍 그녀에게 향했다. 버스를 타고 가면서 가슴이 많이 설레었다. 주훈은 '그녀가 사는 곳 근처에서 지나가는 그녀를 보기만 해도 나에게는 오늘 행운이다.'라는 생각을 했다. 사실 그녀를 사람들이 너무 벅적거리는 카페에서 만날 수가 있지만 마음이 내키지 않았다. 자기 자신이 '왜 상당히 일찍 지금 가고자 하는가?'를 확인하며 마음이 벅찼다.

주훈은 버스 안에서 눈을 감고 서진의 모습을 그려 보았다. 그런데 한편으로 그녀가 보고 싶어서 찾아가는데도 서로 직면하여서 당황스럽게 해 주고 싶지 않았다. 그런 생각을 하니 그저 멀찌감치 지나가는 모습을 보고자 하는 마음으로 다시 고쳐먹었다.

주훈은 버스에서 내려 걸으며 그녀가 사는 곳 근처에 가까이 왔다고 생각했을 때, 사방을 주시하니 푸른 숲이 우거진 작은 산이 보였다. 길을 재촉하여 골목길의 동네 상점을 조바심으로 돌아서는데, 바로 앞에서 뜻밖에 그녀와 마주치고 말았다.

주훈은 그녀를 보는 순간 심장이 뛰어서 어찌할 바를 몰랐다. 그런데 제니가 주훈을 보고 빙그레 웃었다. 햇빛에 그녀의 하얀 얼굴과 초롱한 눈망울이 반짝거렸다.

"여긴 어쩐 일이에요?" 하며 물었다. 그러자 주훈은 뭐라고 말을 하지 못하고

"잘 지냈어?

일이 있어서 왔다가 이곳을 지나가게 되었어!"라고 말했다. 서진이

"예! 그래요? 오빠도 잘 지냈어요?" 하였다. 주훈이

"그래! 하지만 날마다는 아니야!

난 어제 많이 못 잤어!" 서진이

"왜요?" 하고 물었다. 주훈은 민망해서 머뭇거리다가

"사실 난 지금 제니가 보고 싶어서 이곳에 왔어!" 하고 말해 버렸다. 제니가 놀라서 신기한 표정으로

"아니! 그것 정말이에요?" 못 믿겠다는 듯이 싱긋 웃음을 보였다.

"어젯밤에 많이 보고 싶더라!

그래서 혹시나 볼까 하여 이곳으로 지나가는 거야!"라고 말했다. 제니가

"그럼! 오빠가 나를 보고 싶으면 카페로 오면 되지 왜 여기까지 와요?" 하고 반문하며 내심 마음이 흐뭇한 표정을 지었다. 주훈이

"제니? 아니 서진아!

그러니까 내가 널 좋아하는 것 같아 그렇지!

그래서 보고 싶어서 온 거야!

서진아! 언제 한가한 시간 되면 나하고 만나 줄래?" 하고 말했다. 그러자 서진이

"난 지금은 많이 바빠요!

빨리 가 봐야 해요.

가게에 저녁에 쓸 물품과 음료를 준비해서 만들어야 해요.

내일 저녁에 오면 내가 쪽지를 써서 드릴게요." 하면서 벙긋 웃고는 그녀는 바삐 걸음을 재촉했다. 주훈은

"그래! 그럼 내일 갈게!" 하였다.

"잠깐 서진아! 너 내 이름 아니?" 하고 말하자 서진은 주훈의 얼굴을 쳐다보며 웃으며 고개를 저었다.

"내 이름은 주훈이야! 정주훈!" 하며 크게 외쳤다.

#06
알 수 없는 이별

다음 날 주훈은 산뜻하고 맵시 있는 옷으로 갈아입고 마음이 들 뜨고 부풀어서 조금 일찍 떠났다. 그런데 그날은 토요일이라 카페 에 손님들이 많이 올 것으로 알고 있었다. 종혁에게 함께 가자고 전화했는데 오늘은 바쁘다고 해서 혼자 갈 수밖에 없었다.

카페에 들어서고 보니 줄리 옆에 처음 보는 아가씨가 카운터 일 을 하고 있었다. 주훈은 카운터에 앉아서 기네스를 시키고 처음 보는 아가씨에게 인사를 했다.

"나는 가끔 여기에 오는 사람인데 아가씨는 처음 보는데요?" 하 고 말하니까? 줄리가 와서

"아하! 이 아가씨는 제니 학교 친구예요.

제니가 조금 전에 여기 있었는데 친구를 꼭 만나야 해서 이 아가씨가 대신 일을 하고 있어요. '엘리사'라고 해요." 하였다. 그러면서

"아 참! 제니가 이 쪽지를 오시면 건네주라고 하던데요." 하고 주훈에게 쪽지를 주면서

"나중에 집에 가서 읽어 보세요."라고 하였다.

주훈은 쪽지를 호주머니에 넣은 후 기네스 한 잔을 마시며 아쉬움 속에 그냥 음악을 듣다가 손님들이 들어와서 밖으로 나왔다. 사실 쪽지의 내용이 너무나 궁금했다.

버스를 타고 서울로 돌아오는 길에 주훈은 쪽지를 읽어 보았다. 쪽지에는 이렇게 쓰여 있었다.

안녕하세요? 주훈 오빠! 많이 미안해요! 어제 약속을 하고, 직접 전해 드릴 수가 없어서 언니께 부탁을 했습니다. 사실 여기 카페 블루재즈는 주인이 되는 아주머니가 계시는데 아주 엄격해요. 우리에게 "카페에 온 사람과, 한국인이든 외국인이든 절대로 사귀지 말라!" 하였어요. 그런 말이 들리거나 알게 되면 그날부터 해고입니다. 그러니 다시는 앞으로 카페에 오지 마세요. 또 서로 만나지 않았으면 합니다. 미안합니다.

－ 한서진 －

주훈은 쪽지의 내용을 읽고 마음이 덜컥 내려앉았다. 가슴 한구석에서 뭔가 뭉클한 것이 북받쳐 올라왔다.

"이제는 이것이 끝이구나!

지금이 마지막이 되는 것인가?" 하며 또다시 쪽지의 글을 읽어보았다. 여전히 똑같은 말이었다. '이제 어떻게 되는 것인가? 여기서 끝을 내야 하는가?'라고 생각하니 그녀의 얼굴이 떠올랐다. 그러면서

"안 돼! 이제는 만날 수가 없어!" 집에 돌아와 주훈은 책상 옆 벽에 기대어 눈을 감았다. 마음이 안쓰럽고 아팠다.

주훈은 더 이상 카페에 갈 수가 없었다. 아니! 가지 않겠다고 마음을 먹었다. 그런데 책을 읽는 것도 공부하는 것도 마음에 내키지 않았다. 주훈은 자꾸 시간이 갈수록 많이 알지도 못하는 서진이가 궁금해지고 잊어지지가 않았다. 그녀의 얼굴 모습과 인상이 사라지지 않고 생생했다.

"나는 서진이를 많이 알지도 못하는데 왜 이렇게 궁금하고 보고 싶고 얼굴이 자꾸 떠오를까?"

주훈은 자기 자신을 알 수가 없었다. 주훈은 그녀를 만나고 싶은데 그럴 수가 없었다. 자신 때문에 그녀가 곤경에 처해지는 것을 원하지 않았다. 그렇다고 서진과 연락을 할 수 있는 방법도 없었다.

더구나 그녀를 잊고 싶은 마음이 없었다. 다만 조금 시간적으로 기다림을 갖겠다고 마음을 먹었다.

　종혁에게 서진의 쪽지 내용을 말하고 당분간 그곳에 가지 않겠다고 말했다. 하지만 계속 만나고 싶음을 억누르며 조바심이 났지만 참았다. 주훈은 무더운 여름을 그저 혼자 멍하니 바보처럼 시간을 흘려보냈다.

07

그리움 속에 핀 꽃

주훈은 9월이 시작되고 따뜻한 햇볕이 내리쬐는 날 서진을 너무나 보고 싶었다. 갑자기 용기를 내어 그녀가 있는 곳으로 가야겠다고 마음을 다짐했다. 옷을 말끔히 단장하고 일하는 카페로 아주 일찍 달려갔다. 카페에 불빛이 켜져 있어서 주훈은 곧바로 들어갔다. 그런데 서진은 보이지 않았다. 처음 보는 아가씨가 카운터에서 손님을 위한 준비를 하고 있었다.

주훈은 그 아가씨에게 물었다.

"혹시 여기 일하는 제니는 어디 갔어요?" 하니

"그 언니 그만두었어요.

오랜만에 오셔서 모르시네요!

벌써 한 달 정도 되었는데!"라고 했다

"아! 그래요!" 주훈은 마음이 철컥 내려앉았다. '아니! 어떻게 된 거야!' 하며 물어보려고 하다가 그만 음료수 한 잔을 마시고 그곳을 나왔다.

"그래! 내가 왜 이렇게 한심스러운가!

나는 지금껏 무엇을 하고 있었던 것인가?" 미련한 자신을 한탄하면서 견딜 수가 없었다. 주훈은 발걸음을 어찌할 바 몰랐다. 그러다 다시 용기를 내어 그녀가 살고 있는 집 쪽으로 발걸음을 옮겼다.

초가을 날이 어두워지고 있었다. 그녀가 살고 있다는 집을 짐작하면서 근처에서 계속 서성거리고 있었다. 확실히 어느 집인지도 알 수가 없었다. 근처의 집이 몇 채가 안 되기 때문에 이 집 저 집 쪽을 왔다 갔다 했다. 그런데 어느 한 집에 가까이 가서 출입문을 바라보았을 때 그곳에는 폐문이라고 적혀 있었다. 아무리 둘러보아도 아무도 살지 않고 텅 빈 집 같았다.

주훈은 날이 어두워지기 시작하자 어찌하지 못하고 낙담을 하여 그곳을 벗어나 한적한 곳을 아무렇게나 걸어갔다.

도저히 집으로 돌아갈 마음이 생기지 않았다. 그러다가 길가에 포장마차에 들어가서 소주를 시키고 한 잔을 들이켰다. 바보 같은 자신이 자꾸 미워졌다. 그러면서 많은 의아심이 나고 궁금하였다.

"어디에 있을까?" 하며 다시 두 잔을 연거푸 마셨다. 정신이 멍하다가 다시 제자리로 돌아왔다. 그때 낯선 사람들이 들어와서 술을 마시며 이야기하였다. 아마도 근처에 사는 사람인 것 같았다. 그런데 샛길 도로 건설이 이루어지면서 자기 집이 철거된다는 것이었다. 그렇다면 그녀는 다른 곳으로 이사 갔을 것 같았다.

"내가 그녀에게 어떻게든 연락처를 주었어야 했는데 바보같이 미련한 놈!

세상에 나 같은 머저리가 또 어디에 있을까?

감각이나 생각이 너무 모자라도 한참 모자라는 나!"

정말 아무 쓸모없는 자기 자신이 한심하고 원망스러웠다.

주훈은 스스로 한탄하며 그곳을 나와서 발걸음을 허망하게 터벅터벅하며 골목을 돌아서 새롭게 보이는 편의점이 있는 곳을 지나갔다. 아마도 새로 개업한 것같이 보였다. 주훈은 편의점의 커다란 유리문 쪽을 바라보았다. 그런데 웬일일까? 어디서 보았던 아가씨가 그곳에 혼자서 일을 하고 있었다. 주훈은 정신이 번쩍 들어서 자신의 눈을 의심했다. 그리고 너무나 놀라고 기뻤다. 그녀는 서진이었다.

엉겁결에 주훈은 문을 열고 뛰어 들어가

"서진아!" 하고 크게 불렀다. 그러자 서진도 주훈을 바라보고 크

게 놀랐다. 서진은 어리둥절하여 정신이 나간 것 같더니 이내 마음을 가다듬고

"아니! 오빠가 여기 웬일이세요?" 하고 물었다. 그러고는 다시 냉정하게

"오래간만이에요." 하였다. 주훈은

"그래!" 하면서 서진의 눈을 곧바로 쳐다보았다. 눈에는 약간 눈시울이 젖어 있었다.

주훈이 서진에게

"나 네가 많이 보고 싶었다!" 하고 말했다. 그러자 서진이

"오빠가 나를 보고 싶었어요?" 하고 반문하였다. 주훈이

"그래! 너는 내 마음을 알지를 못하지!" 하자 서진이 빙긋 웃으며 이해 못 하겠다는 듯이

"무슨 마음을 내가 몰라요?" 하였다. 주훈이

"내가 너를 좋아한다고 말했잖아!" 하고 말하니까 서진이

"오빠가 날 좋아하는 것 맞아요?" 하고 되물었다.

"그래! 이 맹충아! 넌 날 까마득하게 잊었구나!" 하였다.

"오빠! 그러지 말아요!

왜 그런 사람이 그동안에 한 번도 연락이 없었어요?" 하고 또 물었다. 주훈이

"네가 카페에 오지 말라면서!

그러면 네가 너에게 어떻게 연락하니?" 하자

"오빠! 난 그런 것은 그때 그랬어요.

그래도 오빠가 가게에 또 올 줄 알았어요.

그런데 기다려도 오지를 않아서 많이 상심했어요.

그리고 난 거기 가게가 내게 너무 번잡해서 그만두었어요.

더 이상 그곳에서 일하면 안 될 것 같았어요." 주훈이

"그래! 내가 미안하다.

이 바보같이 미련한 내가 그런 것도 모르고 무작정 기다리기만
했어!" 그러자 서진이가

"호호호. 뭘 기다려요?" 주훈이

"아니야! 내가 바보 같다는 것이야!" 하고 자책을 하였다.

"오빠 그러지 말아요. 나도 바보예요!

전화번호를 주지도 못했어요.

가게를 그만두고 생각하니 오빠 모습이 많이 떠올랐어요." 서진
은 눈에서 눈물이 핑 돌았다.

그러자 주훈도 눈물이 핑 돌았다.

"서진아! 사실 난 네가 보고 싶어서 오늘 금요일 오후 수업도 빼
먹고 온 거야!

일찍 와야 손님들이 없어 한가할 때 너에게 이야기를 나눌 수
있거든.

그런데 그곳에 네가 없었어!

내가 얼마나 거기서 낙심을 한 줄 알아?

너무나 허망하고 내가 한심했어!

어찌할 바를 모르고 나를 원망하면서 이 근처를 떠나지 못하고 지나가는 길이었어!"

그러면서 주훈이 서진의 모습을 보았다.

"생각해 보니 넌 내가 별로 보고 싶지 않은 것 같다. 그렇지!" 하며 주훈은 서진이의 얼굴을 살짝 보았다. 그러자 서진이 고개를 저으며

"오빠 아니야! 그렇지는 않아!" 했다. 그때 편의점에 사람이 들어왔다. 그러자 서진이가

"오빠! 난 일해야 하니까 내일 여기로 전화하세요." 하고 쪽지에 적어 주었다.

주훈은 다음 날 서진에게 전화해서 근처의 커피숍으로 약속을 정하였다. 서진은 날씬한 청바지에 하얀 티를 입고 나왔다. 서진은 호리호리하고 눈매가 총총하여 사람들에게 호감을 주는 인상이었다. 주훈도 설레면서 단정하고 밝은 차림으로 나왔다.

서진이 먼저 와서 앉아 있는 모습을 보고 주훈은 기쁘고 반가움에

"오래 기다렸어?" 하니까 서진이

"아니야! 방금 전에 왔어." 하였다. 커피를 시키고 주훈이 먼저 말했다.

"서진아! 나를 오빠라고 불러주어 고마워!

그런데 내가 미안한 오빠가 되어 버려서 더욱 미안해!" 하였다.
그러자 서진이

"오빠! 너무 그런 말 하지 마세요.

나에게도 미안한 것이 많아요.

지난 일은 앞으로 마음에 두지 마세요.

이제 나는 필요하면 시간을 낼 수가 있어요." 하였다.

그러자 주훈이

"그래! 카페 그만두기를 잘했다.

정말 바쁘고 너무 손님이 벅적거려서 정신이 없었어!" 그러자
서진이

"사실 난 여름 방학 끝날 때까지 일하려고 했어요.

그런데 너무나 피곤해요.

잠도 제대로 못 자고 내가 좋아하는 책이 많은데 못 읽고요!

그래서 사실은 나 학교를 이번에 쉬었다가 다시 다니려고 생각
하고 있어요.

다음에 얼마든지 다닐 수 있거든요."라고 했다.

주훈은

"네가 좋다면 생각을 잘한 거야!" 하며

"학교를 다녀서 무엇을 하려고 그랬었는데?" 물었다. 서진이

"난 예전에 하고 싶은 것이 많았어요.

학교 다니는 것도 그중에 하나예요." 그러자 주훈이

"서진아! 나에겐 그런 것이 별로 중요하지 않아!

나에게 중요한 것은 내 앞에 보고 싶은 네가 있다는 거야!" 하였다. 그러자 서진이

"오빠는 내가 그렇게 좋아요?" 하니까 주훈이

"그래!" 하면서 고개를 끄덕였다. 그러자 서진이 어이없다는 듯이 '호호호호!' 하며 웃었다. 주훈이

"그런데 말이야, 서진아!

나만큼 너는 나를 좋아하지 않은 것 같아서 많이 섭섭해!" 하고 말했다.

그러자 서진이 다시 깔깔 웃으며

"오빠가 내 마음을 어떻게 알아요?

그리고 나에게 대해서도 아직 잘 모르잖아요?

내가 누구인가 잘 아세요?" 하면서 질문을 던졌다. 주훈이

"서진아! 그런 것은 내게 중요하지 않다고 하였잖아?

서진이 네가 내 앞에 있다는 것이 중요해!" 하니 서진이 깔깔 크게 웃으며

"오빠는 꼭 바보 같네요." 하였다. 그러자 주훈이

"서진아! 넌 나 없더라도 다른 좋은 사람 만날 수 있어! 그렇지?" 서진은 뜻밖의 질문에 어쩔 줄 모르고 고개를 저으며

"아니야! 그렇지 않아!

그런데 잘 모르겠어!" 하고 얼른 말을 바꾸어서

"그런데 말이야, 오빠!

내가 한 가지 말해 줄 게 있어!

카페에 처음 들어온 오빠를 보고 놀랐어요.

한국에도 멋있는 남자가 있구나! 생각했는데 그냥 지나가는 남자구나 하면서 내가 포기해야지 하며 오빠가 있는 자리를 내가 피해 버렸어!

그래서 그때가 미안해!" 하였다. 이번에는 주훈이 '하하하' 웃었다. 그리고는

"이번에는 네가 바보다! 알았어!" 서진이도 주훈을 바라보며 '호호호' 웃었다. 그런데 서진이가 가야 할 시간이 되었다고 하였다. 커피숍을 나오면서 주훈이

"서진아! 내가 연락할 테니 잘 있어!" 하였다.

#08
자작나무 숲의 고백

1997년 9월 중순인데 비가 엊그제 내려서 날씨가 무척 좋았다. 4학년 과 모임을 마치고 주훈은 서진에게 전화를 걸어서 부락산에 가자고 했다. 부락산은 예전에 종혁이 주훈을 데리고 갔던 산이다. 주훈은 그때 처음으로 갔고 이번이 세 번째로 가는 것이라서 길이 상당히 익숙했다. 산이 높거나 가파르지 않으며 나무들이 우거진 숲 사이에 산책로가 길게 이어져 있는 도시의 가장자리 산이다.

여자들도 편안한 산행을 할 수가 있어 서진에게 가자고 했다. 서진도 친구들에게서 부락산의 이야기를 가끔 들었지만, 집 근처의 아주 가까운 산인데도 아직 가 본 적이 없다고 했다. 그래서 한

번 가 보고 싶었는데 아직까지 못 갔다고 말하니 함께 하이킹을 가는 것이다. 주훈은 그녀와 함께할 수 있다는 것이 마냥 즐겁고 좋았다. 기분이 상기되고 가슴이 벅차오르며 뿌듯했다. 예전엔 종혁이 주훈을 데리고 갔지만 지금은 자신이 그녀와 함께 가는 것이다.

그녀는 줄무늬가 있는 가볍고 하얀 티셔츠에 타이트한 바지를 입고 나왔는데, 조그만 가방을 어깨에 메어서 산뜻하고 아주 돋보였다. 주훈도 산행을 위한 옷을 입고 물병을 준비하여 나왔다.

주훈이 서진을 보고 반가워서

"서진아! 오늘 멋지게 준비해서 나왔네!" 하고 말했다. 그러자 서진이도

"오빠! 나 괜찮게 보여?" 하고 싱긋 웃었다. 주훈이

"그래 잘 어울려!

사람들이 잘 다니는 코스니까 천천히 나만 따라서 가면 되는 거야!" 하면서 주훈은 서진의 손을 잡으려다가 얼른 그만두었다. 그러자 서진이 빙긋 웃으며

"오빠! 내 손을 잡고 싶으세요?

그냥 가요!

그리고 사람들이 쳐다보잖아요!" 말하였다.

"나 김밥을 싸 왔어요." 하고 가방을 쳐다보았다. 그러자 주훈이

"아니! 김밥을 가져왔다고?

산 넘어서 돌아가면 내가 아는 식당이 있는데 거기서 맛있는 것 사 주려고 했는데!" 하고 서진의 가방을 바라보았다.

"서진아! 가방이 가다 보면 무거울 것 같으니까 내가 들고 갈게!" 하자 서진이

"그럴까!" 하면서 가방을 건네주었다.

두 사람은 새로 바뀐 출장소로 불리는 건물에서 가까운 산책로를 타고 올라가기 시작하였다. 부락산은 처음 어느 정도 올라가면 평탄한 길이 나오는데 그때부터 숲이 우거진 사잇길로 산행을 하는 것이었다. 주훈은 간혹 조금 앞장서며 뒤를 돌아보았다. 서진도 줄곧 가볍게 따라서 갔다. 주훈이

"서진아! 힘이 들면 쉬어 가자고 말해." 하자 서진이

"나 조금도 힘들지 않아!

나도 어릴 때에 어머니를 따라 근처 산에 갔던 것 같아!" 하니

"그래? 어쩐지 잘 걷는다!

그럼 우리 조금 더 가서 쉬었다 가자!" 하였다.

두 사람은 조금 오르는 산 정상을 지나서 한참 걸어가다가, 남쪽 길목 아래의 시원하고 편한 곳으로 들어가서 나무 의자에 앉았다. 한적하여 쉬어 가기에 좋았다. 마침 주훈은 예전에 종혁이 말해 준 이야기가 생각나서 서진에게

"저쪽으로 내려가면 평평한 자리가 있는데 내가 그곳 이야기해

줄 테니까 눈을 감아 봐!" 그러자 서진이가 눈을 감았다.

"무서우면 눈을 뜨고 안 무서우면 눈을 감고 있는 거야! 알았지!" 서진이가

"응, 알았어!" 하였다.

"아주 옛날에 할머니가 늦은 봄에 밭농사 일을 하고 나서 지나가다가 저기 제법 널찍하고 편안한 곳에서 쉬었는데 노곤하여 깜박 잠이 들었어!

뭔가 이상한 게 나타나서 자꾸 옆구리를 콕콕 찌르는 거야!" 하고 말하자 서진은 안 무섭다는 듯이 태연하게 눈을 계속 감고 있었다. 그래서 주훈은 재빨리 가방으로 서진의 옆구리를 꾹꾹 밀었다. 그러자 서진이 놀라서

"어머! 깜짝이야!" 하며 눈을 번쩍 떴다. 그리고

"오빠! 그게 뭐예요?" 주훈이

"뭐긴 뭐야! 가방이지!" 하자 서진이 '깔깔깔깔' 웃으며 어이없다는 듯이

"아니! 내가 가방인지 몰라요?

할머니를 찌른 것이 뭐냐구요?" 하며 민망하여 주훈을 바라보았다.

"할머니가 눈을 살며시 떠서 보니까 뿔이 나온 커다란 멧돼지가 눈을 번들거리고 할머니 등을 밀고 있었어!

할머니는 구운 감자를 보자기에 싸서 가지고 있었는데 멧돼지가 냄새를 맡고 그 감자를 먹으려고 코를 계속 내밀고 있었던 거야!

할머니는 재빨리 보자기를 풀어서 아래로 밀어 버렸어!

멧돼지가 그것을 먹으려 내려간 틈을 타서 간신히 빠져나왔지만 아주 혼이 났어!" 하면서 주훈이 웃었다. 그러자 서진도 싱글벙글하며 웃더니

"아이고! 할머니가!

살아나서 참 다행이네요!" 하였다.

두 사람은 다시 나와서 걷기 시작했다. 상큼하고 시원한 산들바람이 불어왔다. 엊그제 비가 내려서 싱그러운 풀냄새까지 물씬 풍겼다. 한참 걸어서 내려가니 쉼터가 나오고, 맑은 샘물이 흘러나오며 '흔치휴게소'라 했다.

서진이

"우리 여기서 도시락 먹을까?" 하고 물었다. 주훈이

"그래! 배고픈 것 같으니 우리 여기서 먹자!" 하여 서진이 도시락을 풀었는데 향긋한 냄새를 풍기는 김밥이 맛있게 보였다. 주훈에게 젓가락을 건네주며

"맛을 보세요!" 하였다. 주훈이 한입 먹고는

"참 맛있어! 아주 잘 만들었네!

언제부터 할 줄 알았어?" 그러자 서진이

"그래요? 다행이네요!

예전에 어머니가 나에게 알려 줘서 한번 해 본 거예요!" 하며 눈에서 눈물이 핑 돌았다. 주훈은 얼른 고개를 돌리면서

"내가 뭘 잘못 물어봤을까!" 하며

"내가 물을 가져올게! 여기 기다려!" 말하고는 물병을 가지고 물이 나오는 샘터로 갔다.

샘터 옆에 공중 전화박스가 있어서 종혁에게 전화를 했다. 주훈은 종혁에게 서진과 함께 산에 왔다고 자랑하고 싶었다. 종혁이

"주훈아! 너에게 이제야 축하한다!" 하며 저녁 식사를 내겠다고 기꺼이 우기고 시간 약속을 하였다. 주훈은 어쩔 수 없지만 한편으로는 마음이 흐뭇했다. 그런데 사람들이 물을 떠서 담으며 건너편 다른 산으로 올라가고 있었다. 서진에게 돌아온 주훈은

"서진아! 종혁이 우리에게 저녁 식사를 사 주겠다고 우기는데 어떻게 해야 하지?

다음에 하자고 할까?" 하고 서진의 의향을 물었다. 그러자 서진이

"오빠가 이미 약속을 정했잖아요!

내가 취소하자면 오빠가 곤란할 것 같은데." 하며 망설이다가

"알았어요! 오늘은 내가 모든 것을 오빠에게 양보할게요." 하였다. 주훈이

"미안해! 내가 먼저 물어보지도 않고 먼저 약속을 해서!

그런데 서진아! 우리 저녁까지 시간도 많이 남고 모처럼 비가 내린 후 날씨도 너무 좋은데 저쪽 산에 조금만 올라가 볼까?

사람들이 올라가며 하는 말을 들으니 덕암산이라고 하는 것 같은데 궁금하기도 하고." 하였다. 그러자 서진이

"그럼 여기서 쉬었다가 우리 조금만 덕암산 올라가 봐요." 하였다.

두 사람은 약간 가파른 오솔길을 따라서 쭉 올라갔다. 그러더니 다시 평탄한 길이 나왔다. 주훈이

"서진아! 저쪽에까지 조금만 더 가다가 돌아가자!" 말하며 산 아래쪽에 펼쳐진 골짜기를 내려다보고 감탄하여

"저쪽 아래를 봐! 참 멋있지!" 하고 손가락으로 가리켰다. 서진도 그쪽을 바라보며

"와! 참 멋있다!" 하고 눈을 주시하였다.

두 사람은 마침내 산등성이에 나무가 많이 하얗게 번들거리는 곳 근처에서 쉴 수 있는 편안한 자리를 찾았다.

"자! 우리 여기서 쉬었다가 돌아가자!" 하고 주훈이 앉을 자리를 만들어 주었다. 그러면서

"많이 힘들지!" 하고 물어보았다. 서진이

"그렇게 힘들지는 않아!

험한 산이 아니고 알맞게 참 좋은 것 같아!" 하였다.

"그래! 그럼 다행이다.

네가 너무 많이 걸었을까 염려를 했는데!" 하고 주훈은 안도의 숨을 쉬었다.

그때 서진이 주위를 보더니 의아한 표정으로 여기저기서 번들거리는 하얀색 나무들을 보고 궁금해하였다. 하얀 줄기의 나무들이 따뜻한 햇살을 받으며 잠자고 있는 양들처럼 아늑하고 포근한 곳에서 옹기종기 자라고 있었다.

"오빠! 여기에 있는 나무들을 좀 봐!

나무들이 이상하게 특이해요!

왜 이렇게 줄기가 요즘 하얗게 빛을 내고 있는 거야?" 하고 물었다. 주훈이

"가끔 빛을 내는 것이 아니라 본래 나무가 그렇게 자라는 거야!

이 나무들은 자작나무라고 해!" 서진이

"자작나무요?

처음 들어 보는 나무네!

이름이 조금 웃기고 기이해요!" 그러자 주훈이

"아주 좀 기이해!

밤에는 다른 나무들은 안 보이는데 하얗게 빛이 나는 특이한 나

무야!

스스로 빛을 내주고 자신을 찾아오도록 '당신을 기다립니다.'라는 뜻을 가지고 있다고 해!" 하고 말하자

"오빠! 그게 정말이야?

오빠는 이 나무에 대해서 어떻게 잘 알아?" 하고 물었다.

"가구 재료로 값지게 많이 사용되는 나무야!

내 할아버지께서 시골에서 목재소를 하셨는데 예전에 알려 주었어!" 하고 대답했다. 서진이 말했다.

"난 오빠에 대해서 나에게 말해 준 것 말고는 물어보지 않아서 잘 몰라!

그런데 오빠는 왜 나에게 대해서 아무것도 안 물어보는 거야?" 그러자 주훈이

"서진아! 난 지금 다른 것은 나에게 중요하지 않아!

중요한 것은 네가 내 옆에 있다는 것이 너무 좋고 행복해!" 하고 말했다. 서진이

"오빠! 그래? 그럼 내가 어디가 그렇게 좋아?" 하고 물었다. 주훈이

"그냥 너의 모든 것이 좋아!

나는 집에 가면 매일 너를 보고 싶어서 생각을 많이 해!"

서진이 크게 '깔깔깔! 호호호!' 웃으며

"오빠! 정말이야? 그래?

그렇게 나를 많이 보고 싶어?

그렇게 많이 보고 싶으면 어떡해?

오빠는 공부해야 하는데 큰일이네! 어떻게 할까?

좀 보고 싶어도 참아요.

오빠 일에 집중하세요.

나는 매일 오빠가 보고 싶지는 않은데!

그리고 내가 하는 일에 집중할 거예요." 하였다. 주훈이

"넌 나하고 있는 것이 별로인 것같이 말하는구나?" 하고 물었다. 그러자 서진이

"아니! 나도 오빠와 함께 있는 게 너무 좋아!

나에겐 오빠밖에 없어!

난 오빠가 좋고 나에겐 오빠 말고 다른 사람은 없다는 것 알아!" 하고 얼굴에 애틋한 표정을 지었다.

서진은 내색을 안 했지만 마음속에 믿음직한 오빠에게 의지하고 싶었다. 그러나 한편 오빠와 너무 가까이 있으면 안 된다는 생각도 하였다. 왠지 가까워지면 너무 가까워질까 두렵기도 하고 한편으로는 더 멀어지면 어쩌나 하는 안타까운 마음도 생겨났다.

주훈이 서진에게서 무엇인가 갈구하는 초롱초롱한 눈망울을 보며 서진의 손을 꼭 잡아 주었다. 서진은 마음이 편안해졌다. 서진

에게 말했다.

"그런데 서진아! 이상해!

내가 너에게 가까이 있으면 할 말을 잃어버리고, 멀리 집에 있으면 자꾸 해 주고 싶은 말이 생각나!

지금은 또 잊어버렸어!

그래 맞아! 한 가지 물어볼 것이 있어!

왜 영어를 그렇게 잘해?" 그러자 서진이 깔깔 웃으며

"내가 나중에 말할게요!

자! 이제 그만 가요!" 하고 서진은 일어서서 야릇하다는 듯이 자작나무를 만져 보았다. 주훈도 따라서 자작나무를 만져 보았다. 두 사람은 자작나무 숲을 보면서 서서히 발걸음을 재촉하여 내려왔다.

그날 주훈은 종혁을 만나서 저녁 식사를 하였다. 술을 서로 한잔씩 하면서 학교 이야기를 떠들었다. 서진은 가만히 귀를 쫑긋하며 한국말로 서로 이야기하는 모습에 호감을 갖고 흥미 있게 듣기만 하였다. 주로 주훈의 이야기를 경청하는 역할을 했다. 시간에 늦지 않게 주훈은 서진을 집 근처까지 바래다주면서 논문 준비를 마치면 곧 연락을 한다고 하였다.

09

난 그대를 잡지 않아요

서진은 너무 행복하다는 느낌을 받았다. 이런 느낌은 전에는 가져 본 적이 없었다. 주훈 오빠랑 즐겁게 웃으며 데이트를 하고, 또 오빠 생각을 하면 마음이 편하였다. 그런데 오빠는 한동안 못 내려온다고 했다. 논문을 준비하느라 바쁘다고 했다. 며칠이 지났는데 갑자기 전화가 왔다. 내려온다고 하여 서진은 마음이 들뜨고 기쁨으로 가득 찼다. 그런데 다시 연락이 와서 올 수 없다고 연기하였다. 2주가 지났는데 소식이 없었다.

'날 잊어버리려는 것이 아닐까?' 하고 조바심이 생겼다. 그녀는 주훈 오빠의 눈빛을 그려 보았다.

"왜 온다고 해 놓고 못 오는 것인가?

그동안 내게 준 것은 사랑이 아닌 거야?

그건 사랑이라고 말할 수 없어!"

창밖을 보니 비가 억수같이 쏟아지고 있었다. 주훈 오빠가 그곳에 서 있는 것 같았다.

"아니야! 그 사람은 더 이상 오지를 않아!

올 리가 없어!" 하면서 그녀는 다시 한번 예전에 그 사람이 서있던 자리를 응시하였다. 기억이 선명했다가 가물거렸다.

그녀는 다시 눈을 뜨고 그곳을 다시 보았다. 빗줄기 속에 아무도 없었다. 그녀는 예전에 주훈 오빠와 서로 나눈 대화들이 뒤섞여서 여기저기서 떠올랐다.

"서진아! 나 없더라도 넌 다른 좋은 사람 만날 수 있어?" 그때 서진은

"아니야! 그렇지 않아!

오빠와 함께 있는 것이 너무 좋아!

나에겐 오빠밖에 없어!

난 오빠가 좋고 나에겐 다른 사람은 없을 것이야!"라고 했다.

그러다가 주훈 오빠가 했던 말인

"그런데 서진아! 난 너에게 가까이 있으면 할 말을 잃어버리고 멀리 있으면 자꾸 해 주고 싶은 말이 생각난다."가 기억났다.

'그럼! 나에게 해 주고 싶은 말이 뭐야?' 하면서 궁금해하다가

주훈 오빠가 갑자기 많이 보고 싶어졌다. 또 이런저런 생각에 잠겼다.

서진은 마음속에서 믿음직한 오빠에게 자꾸만 의지하고 싶어졌다. 한편으로는 오빠와 너무 가까이 있으면 안 된다는 생각이 뒤엉켰다.

"그래, 지금 나는 그 사람과 너무 가까워지면 안 돼!" 하며 두려워졌다. 그런데 다시 오빠가 더 멀어질까 하는 안타까운 마음이 생겨났다. 서진은 알쏭달쏭한 자신의 심정을 이해하지 못했다. 그런데 지금 오빠가 보고 싶다.

"내 마음이 왜 이럴까?" 하며 마음이 우울해졌다.

얼마 후에 그녀는 너무 기다리다가 지친 마음에 내려가서 차가운 물을 마셨다. 그리고 돌아와 책상에 앉아 책을 꺼내서 읽었다. 그녀는 책을 읽으면서 마음을 가다듬고 정리하려고 애를 썼다. 그런데 그 사람 아니 주훈 오빠의 영상이 책에 비치었다. 다시 마음을 바꾸어서 자신이 가야 할 길이 멀리 있는데 그 사람에 매달려서는 안 된다는 생각으로 돌리었다.

책 서너 페이지를 집중하여 읽으려 했지만 더 이상 읽지를 못했다. 자신이 좋아해서 읽고 싶은 책인데도 마음이 딴 곳으로 흘러가니 어쩔 수가 없었다. 그녀는 책을 덮었다. 자기 자신이 이해가 안 되었다.

그녀는 음악을 들었다. 자신이 좋아했던 노래를 들으니 가사 속에 나오는 애타는 심정의 구절이 마음에 닿았다.

"그래 맞아!

사랑한다고 사랑으로 모든 것이 이루어지지는 않아!

그러니까 난 매달리지 않고 나의 길을 갈 거야!

나는 주훈 오빠를 잡지 않을 거야!

지금 나는 한동안 유혹을 받아서 다른 길을 날아가다가 내가 가야 할 길을 다시 찾아서 가는 것이야!

그러니까 나는 그대를 붙잡지 않아요!

애걸하는 것은 싫어요!

그래요! 주훈 오빠!

나를 혼자 있게 내버려 두세요."

서진은 갑자기 마음이 냉정해지기 시작했다. 서진은 음악을 들으면서 잠이 들었다.

#10
파라다이스의 숲길

3주가 지나자 주훈은 서진에게 내려간다고 전화했다. 서진은 오빠의 목소리를 들으니까 무척 반가웠지만 크게 내색하지 않았다. 그런데 주훈은 어머니가 일본에서 한동안 돌아오지 않으니 어머니의 차를 모처럼 자신이 운전하여 서진에게로 갔다.

서진은 차를 타고 온 주훈을 처음 보며

"오빠! 차 가지고 있었어?" 하고 물었다. 주훈은 고개를 저었다.

"어머니 차야!" 그러면서

"입학하고 바로 운전면허를 땄어!

그런데 운전하고 싶어 안달이 나서 허락도 안 받고 어머니 차를 가끔 몰고 다니다가 어머니와 아버지에게 크게 꾸지람을 받았어!

운전 안 하기로 했지!

그러다가 한때에 어머니가 손을 다쳐서 운전을 못 하셨거든.

내가 어머니의 운전사가 되어 많이 돌아다녔는데 너무 좋았어!"
하며 서진의 표정을 보았다. 그러자 서진이

"뭐가 그렇게 좋아요?

부모님 허락을 받고 차를 타야지요!" 하였다.

주훈이

"그래 맞아!

서진아 미안해!

그동안 못 내려와서 오빠가 밉지?" 하자 서진이

"밉기는 했는데 이제 오빠가 와서 괜찮아요!

뭐가 그렇게 바빴어요?" 하고 물었다.

"너에게 달려오려고 했는데 다시 약속이 또 바뀔까 봐 전화할
수가 없었어!

내가 너를 보고 싶었는데 얼마나 참았는지 알아?" 하자 서진이
피죽 웃으며

"나를 많이 보고 싶었어요?

그걸 어떻게 내가 알아요?" 하였다. 그러자 주훈이 서진의 손을
잡아서 손바닥을 가슴에 대며

"이렇게! 어때!

내 가슴이 많이 뛰지!" 하며 말했다. 서진이 놀라며

"오빠! 왜 이렇게 가슴이 두근거려요?" 하자

"항상 너 앞에서만 그래!" 서진이

"뭐라고요! 정말이에요?" 하며 깔깔깔 웃었다.

"서진아! 우리 여기 앞에 시원한 동산으로 올라갈까?

나는 한 번도 안 가 본 것 같은데!" 서진이

"그래요! 나도 자주 가지는 않아요.

어머니가 그러셨는데 예전에 여기가 파라다이스 공원이었대요.

저 아래에는 호수가 있었는데 미군들이 여기까지 놀러 와서 보

트를 즐기고 갔대요." 주훈이

"그래! 여기저기 많은 나무들이 그때부터 계속 있었겠네!" 하며

주위를 둘러보았다.

두 사람은 나무가 우거진 언덕길을 따라 올라갔다. 커다란 덩치

의 오래된 참나무들이 여기저기 눈에 띄었다. 굵은 나무줄기가 움

푹하게 깊이 파여서 마치 나무속으로 들어가는 동굴처럼 보였다.

그 속에 괴상한 무엇이라도 들어 있는 것 같았다.

주훈이

"아마도 예전에는 이곳에 다람쥐들이 많이 살았나 보다!

지금은 청설모들이 들어와서 옛 우리나라 다람쥐를 내쫓는다고

하던데 여기도 그랬을 거야!

그리고 장수벌레가 이곳에 많이 살았을 것이야!" 하고 말했다. 서진이

"오빠는 나무에 대해서 관심이 많네요?" 하고 물었다.

"어릴 때 할아버지 덕분이야!

할아버지께서 이런저런 이야기를 많이 해 주셨거든!" 하면서

"다람쥐가 얼마나 알뜰하고 부지런한 줄 알아?" 하고 물었다. 서진이

"아니요! 난 다람쥐를 많이 본 적도 없는데!" 하고 말했다. 그러자 주훈이

"다람쥐가 열심히 겨울 준비를 하여 밤이랑 도토리 등을 모아서 나무 밑을 파고 굴속에 묻어 놨는데, 어떤 사람이 그것을 보고 꺼내 가져가서 먹고 모두 버렸대!

다음 날 그곳에 와 보니까 다람쥐가 자살해서 죽어 있더래!" 하였다. 서진이 놀라는 표정으로

"정말이요? 아! 슬프다!

그 아저씨 왜 그랬을까?" 하며 애처로운 표정을 지었다. 주훈이

"다람쥐는 삶의 희망과 행복이 모두 무너지면 더 이상 지탱하지 못하고 슬픈 다람쥐가 된다는 것이지!" 하였다. 서진이

"다람쥐가 귀여운 줄만 알았는데 슬픈 다람쥐도 있네요!" 하였다.

두 사람은 조금 더 걷다가 주훈이

"저쪽에 시원한 곳에 우리 가서 앉을까?" 하니 서진이 고개를 끄덕였다. 벤치에 앉으면서 서진이 주훈의 모습을 바라보았다.

"오빠! 이발했어? 멋있어요!" 하고 물었다. 주훈이

"너에게 잘 보이려고 어제 했지!" 하고 말했다. 서진이 '깔깔깔' 웃으며

"나 때문에요? 머리가 길어도 짧아도 오빠는 잘 어울려요." 하며 서진이

"내가 느끼는 것인데 남자들은 나이가 들면 장발이 안 어울려요. 왜 그럴까요?

얼굴이 팽팽하고 통통하며 생기가 돋으면 장발이나 단발해도 근사하게 보이는데, 노인이 되어서 장발을 하는 것은 신중히 신경을 써야 해요!

예전에 카페에 오는 젊은 미군들은 거의 초년병들이지만, 삶의 희망이 넘치고 패기가 있어서 그런지 짧게 쇼트 커트 머리를 해도, 아주 빡빡머리로 밀어 버려도 잘 어울리고 아무리 봐도 이상하게는 안 보여요!

그런데 쪼글쪼글한 할아버지가 장발을 하면 나에게는 굉장히 누추하게 보여요.

그건 왜 그렇죠?" 하고 물었다.

그 말을 듣고 주훈이 하!하!하! 하며 크게 웃었다.

"서진아! 넌 참 미용에 관심이 높다.

그럼 옛날에 내 머리 스타일은 나에게 어때?" 하면서

"나는 1학년 때만 해도 어깨까지 닿는 장발이었어!

그런데 지금은 무척 머리가 짧아졌지!

내가 그때 왜 그런 머리를 했는지 잘 모르겠어!

그냥 다른 친구들을 따라서 한 것 같은데 지금은 그 애들도 머리 긴 사람이 거의 없어!" 하였다.

그러자 서진이

"아유! 오빠는 그것도 몰라요?

이렇게 생각하면 돼요! 먹음직한 과일이나 과자가 있는데, 그것을 구겨진 냅킨 위에 놓은 것과 새로운 냅킨 위에 놓은 것 중에서 어느 것이 먹음직하고 예뻐 보여요?

당연히 새로운 냅킨 위에 놓은 것이 근사해 보이지요?

사람도 쭈그러진 얼굴에 아무리 잘 빗은 머리를 올려놓아도 아주 모양새가 보기에 별로야!

차라리 머리가 짧고, 단정하게 보이는 것이 나이 든 사람에게 좋은 거예요." 하였다. 그러자 주훈이

"아! 그런가? 아이구! 난 잘 모르겠어!

하지만 고목나무는 달라!

나뭇잎이 거의 없는 앙상한 나무보다, 똑같은 고목나무라도 나뭇잎이 장발처럼 무성한 것이 더 좋게 보인단 말이야!

그것이 나무가 사람하고는 달라!" 하며

"고목나무 노래가 있어!

내가 중학교 때 즐겨 부른 옛날 노래야!" 하고 갑자기 부르기 시작했다.

"저 산마루 깊은 밤 산새들도 잠들고 우뚝 선 고목이 달빛 아래 외롭네……."

주훈이 노래를 부르는 모습을 보면서 서진은 정취에 휩싸여 감명을 받았다.

주훈은 서진의 손을 가져다가 자신의 얼굴에 대어 보았다. 부드럽고 가느다란 하얀 손이 너무 사랑스러웠다. 주훈이 기뻐하는 모습을 보자 서진도 행복감을 느꼈다. 그때 이상한 알록달록한 새 한 마리가 언덕 아래 나무 밑으로 지나갔다. 주훈이 아주 신기하게 호기심을 갖고 보더니

"서진아! 너 잠시 여기에 있어 줄래?

나 저기 새를 잠깐 더 보고 올게!" 하면서 서진을 쳐다보았다. 서진이

"그래 조심해!" 하자 주훈은 아래쪽으로 나무 덩굴을 헤치며 내려갔다. 그런데 새는 주훈이 가까이 오자 다시 저만큼 날아가 버

렸다. 주훈은 다시 찾아보려고 따라 내려갔다.

새가 여기저기 날아서 옮기니 주훈도 더 내려갔다. 서진은 주훈이 곧바로 오지 않으니까 궁금해서 기다리다가 조금 높은 곳으로 옮겨서 아래쪽을 보려고 커다란 나무 그늘 아래 서 있었다.

주훈이 아래쪽을 빙 돌아서 더 내려가다가 그만 새를 포기했다. 다른 곳으로 올라와 보니 갑자기 서진이 보이지 않자 당황하여 사방을 둘러보며 어리둥절하였다.

저쪽에 높은 곳 나무 아래서 서진이 손을 흔들면서

"오빠! 여기요!" 외치며 반가워서 웃고 있었다. 주훈은 재빨리 그쪽으로 뛰어갔다.

"서진아! 놀랐잖아! 네가 사라진 줄 알았어!" 하고 서진의 손을 잡으며 큰 숨을 쉬었다. 서진이

"아니! 오빠는 어떻게 어디로 사라져서 온 거야?" 하면서 서로 '깔깔깔' 한바탕 웃었다.

그날 주훈과 서진은 함께 저녁 식사하며 마냥 좋고 즐거웠다. 그리고 주훈은 늦게 서울로 올라갔다.

한 주가 다 지나가기도 전에 주훈은 서진의 모습이 너무 그리워서 만나는 날을 기다리며 견딜 수가 없었다. 그런데 편의점에서 일하는 서진은 일에 열중하다 보니 바쁘고 쉬는 날이 거의 없었

다. 그러자 주훈은 서진이 힘들고 시간적인 여유가 없으니 좀 더 일하기 편리한 곳을 찾아보다가 연줄이 닿아서 아버지 회사와 관계된 가구점을 알아보게 되었다. 어떻게든 아버지와 어머니가 모르게 대리점 주인에게 간청하였는데, 주인아저씨가 흔쾌히 승낙하여서 다음 달부터 서진은 좀 더 여유가 있고 편리한 가구점에서 일을 하게 되었다.

#11
그녀의 눈물

1997년 늦가을이 되면서 주훈은 서진이 보고 싶으면 연락하고, 편리한 시간에 만나서 함께 즐겁게 시간을 보내고 돌아갔다. 주훈은 나갔다가 거의 늦게 들어올 때가 많고 방에 들어가면 나오지 않고, 예전같이 식구들과 이야기도 많이 하지 않았다. 어느 날 주훈의 생활이 이상함을 느끼는 어머니는

"요즈음 어떻게 지내느냐?"고 물어보았으나 주훈은 어머니께 서진에 대한 말을 하지 않고 학교생활이 바쁘다고만 했다. 주훈은 어머니가 아직은 자신이 서진을 만나는 것을 모른다고 생각하였다. 그런데 어머니는 사람을 시켜서 주훈이 가는 곳을 미행하도록 하였다.

마침내 서진과 주훈이 지나가는 것을 목격하고, 서진이 가구점에서 일하는 것을 알게 되었다. 어머니는 서진에 대한 뒷조사를 하도록 하였다.

나뭇잎이 거의 떨어지고 가을이 지나가는 날 오후 주훈의 어머니는 갑자기 서진을 찾아와서 조용한 곳에서 이야기하자고 했다. 서진은 주훈의 어머니가 말한 장소로 갔다. 주훈의 어머니는 이미 많은 것을 알고 온 것 같았다.

"부모님이 계시니?"

"안 계십니다!"

"학교는 다니고 있냐?"

"아니요! 다니지 않고 있습니다."

"카페에서 일했다는데 사실이냐?"

"예! 사실입니다."

"어떻게 하여 한국에 왔냐?" 하고 문답을 했다. 서진은 어머니를 따라오고 한국에서 지내고 싶었다고 하였다. 한국의 예절을 배웠냐고 물었다. 서진은 대답을 잘하지 못하고

"돌아가신 어머니께서 가끔 가르쳐 주셨습니다." 하였다. 그러자

"주훈은 앞으로 우리 집안을 이끌어 갈 아들인데 나는 아가씨가 앞으로 서로를 위하여서 만나는 것이 좋지 않을 것 같아요.

그리고 주훈이가 앞으로 맡아서 해야 할 일이 있고, 공부도 더 해

야 하고, 군대도 가야 하는데 내 아들을 만나지 않았으면 하네요.

그러니까 내가 간청하는데 우리 주훈이와 연락을 하지 말았으면 해요.

아니! 다시는 내 아들을 만나지 말아 주세요!" 하며 꾸중을 주는 듯하며 말을 하였다. 서진은

"예."라고 대답했다. 어머니는 곧바로 그곳을 나갔다.

서진은 돌아와서 마음을 가누지 못하고 엉엉하며 구슬피 울었다. 서진은 주훈 오빠를 만나지 않아야 한다고 생각했다. 그런데 주훈에게서 전화가 왔다.

"서진아! 내가 너를 보고 싶어!

며칠을 참다가 전화를 하는 거야!" 서진이 대답했다.

"아니야! 나 요즈음에 다른 일이 있어서 오빠를 만날 수가 없어!" 하고 말했다.

"그러니? 서진아! 그럼 어떡하지.

내가 너를 보고 싶어 견딜 수가 없어!" 서진이

"그래도 더 참고 오빠가 하고 싶은 일을 열심히 해 봐!" 하고 말하였다. 주훈이

"아니야! 내가 일도 공부도 잘 안 돼!

그러니 내가 너를 보고 싶어! 참을 수가 없다.

어떻게 해! 서진아?" 주훈의 목소리가 힘을 잃은 것처럼 느껴졌

다. 결국 서진은

"오빠! 그러면 내일 내가 시간을 낼게!

내일 지난번에 만난 곳에서 10시 30분에 기다릴게요." 하였다.

"그래 알았어!" 하며 주훈의 목소리가 갑자기 상기되어 기쁘게 터져 나왔다.

주훈은 서진이 약속하는 말에 힘을 얻고 생기가 돌았다. 수화기를 내린 서진은 마음이 아팠다.

"아! 어쩌면 좋은가!" 갑자기 마음이 더욱 아파 오며 눈시울을 적셨다.

"오빠! 어떻게 해?

우린 이제 만나면 안 되는데!

오빠! 이젠 우린 끝났어요.

내가 이별을 고해야 돼요!" 이런 생각을 하니 마음이 쓰라렸다.

"오빠! 이젠 안 돼요! 내일만이에요!" 하며 서글프고 마음이 아파서 잠을 잘 수가 없었다. 서진은 침대에서 일어나 오빠에게 건네줄 글을 쓰고 밀봉하여 가방에 넣었다.

다음 날 서진은 오빠에게 밝은 모습을 보여 주기 위해서 산뜻한 재킷과 스커트를 입고 장소로 나갔다. 그런데 주훈이 먼저 와 있었다.

"서진아! 여기야!" 하면서 주훈이 기쁜 목소리로 소리쳤다. 서진은 주훈을 쳐다보고 살며시 미소를 지었으나 곧 표정과 마음을 감추었다.

서진은 주훈 오빠의 표정을 살피며 말을 해 보니, 그의 어머니가 자신을 만난 일에 대해서 아무것도 모르고 있었다.

서진은 마음속으로 '이제 나는 주훈 오빠를 떠나가야 해! 내가 헤어진다는 말을 해야 할 텐데! 하지만 지금은 아니야!' 하면서 주훈 오빠의 환한 얼굴을 쳐다보았다.

'아니야! 오늘은 안 돼!' 하고 마음을 다시 움츠렸다.

그녀는 주훈에게 얼굴을 환하게 보이려고 웃었다. 그런데 그것은 의도적인 웃음이었다. 주훈은 그것을 알아차리지 못했다. 그녀는 주훈 앞에서 자연스럽게 아무 일도 없었다는 듯이 대답하고 밝은 표정으로 함께 따라 주었다.

주훈은 오늘 그녀가 다르다는 것을 어렴풋이 느낄 수는 있었으나 상냥하게 대해 주니 왜 그러한지 묻고 싶지 않았다.

"주훈 오빠! 나 잠깐 화장실 좀 다녀올게요." 주훈은

"그래 알았어!" 서진은 화장실로 갔다. 눈물이 흘러내렸다. 마구 눈물이 펑펑 나왔다.

"아! 나 어떻게 해?

바보같이 눈물을 흘리면 안 돼!

주훈 오빠가 이런 모습의 내 얼굴을 보면 절대 안 돼!"

서진은 눈물을 계속 닦고 거울에 얼굴을 보았다.

"아! 빨리 내 얼굴이 원래대로 돌아와라!" 하면서 애타게 웃는 표정을 지어서 정상으로 돌아왔다. 그리고 다시 그녀는 주훈에게 돌아왔다.

"오빠! 많이 기다렸어?" 하자 주훈이

"아니야! 별로 많이는 아니야!

난 네가 돌아올 것이라는 생각만 하면 언제까지라도 여기서 기다려도 너무나 좋아!

내 별명을 '기다림 오빠'라고 불러도 좋아!" 하며 소리쳤다. 서진이

"뭐야? 오빠 그런 말이 어디 있어!" 하고 그냥 어이없이 웃어 버렸다. 서진은 "배가 조금 아팠나 봐!" 하고 괜찮다는 듯이 말했다. 그런데 서진은 주훈 오빠를 마주 보니 다시 눈물이 나올 것만 같았다.

'아무것도 모르는 불쌍한 주훈 오빠! 내가 주훈 오빠를 어떻게 해야 해? 나는 어떻게 해? 내가 왜 그런 생각을 자꾸 하지!' 서진은 주훈을 쳐다보지 못하고

"오빠! 빨리 여기서 나가 다른 데로 가요!

우리 영화 보러 갈까?" 하고 말했다. 그러자 주훈이

"웬일이야! 서진아!

너 영화 별로 안 좋아한다고 했잖아?" 하며 물었다. 서진이

"아니야! 오늘따라 오빠랑 영화를 보고 싶은 마음이 생겼어!" 하였다.

"그래! 그럼 우리 영화 보러 갈까?"

"그래! 오빠 가요!" 하면서 서진은 얼른 즐거운 표정으로 주훈의 손을 잡았다. 주훈은 서진이 당돌하게 자기 손을 잡는 것에 흠칫 놀랐다.

"오빠! 내가 손잡으니까 좋아요?"

"그럼 나는 너의 손이 너무 좋아!" 하면서 서진의 손을 꼭 잡았다. 서진은 주훈의 따뜻한 손길을 느꼈다. 서진이 손을 빼서 가까이 팔을 껴안았다.

두 사람은 시내 중심부에 있는 영화관으로 들어갔다.

"어떤 영화를 보고 싶어?" 하니까 서진이

"나는 오빠가 좋아하는 영화를 보고 싶어!

그러니 오빠가 마음대로 골라." 하고 말하자 주훈이

"그런 게 어디 있어?

나는 그 반대야!

서진이가 좋아하는 영화 보고 싶어!" 하자 서진이

"그럼 이렇게 해!

이번에는 오빠가 좋아하는 것, 다음에는 내가 좋아하는 것.

그렇게 하자?" 주훈은 하는 수 없이

"그래! 그럼 알았어!

이 영화 어때?" 하니 서진은

"그래 좋아!" 하면서 얼른 대답해 버렸다. 주훈이

"보고 나서 시시하다고 하면 안 돼?" 하니까 서진이

"절대 시시하지 않을 거야!

난 오빠 마음속에 들어가서 영화를 보거든!

그 속에서는 절대 시시하거나 지루하지 않아!"라고 말하니까 주훈은 어이가 없어서 '하!하!하!하!' 크게 웃으며

"그래? 그럴 수가 있을까?" 하였다.

서진은 깜깜한 어둠 속에서 영화를 보며 눈물을 닦았다. 한참 영화를 보던 주훈이 서진의 모습을 살짝 보며 그렇게 슬픈 것 같지도 않은데 슬퍼하는 모습을 보고 서진의 손을 꼭 잡았다.

서진도 눈물을 흘리며 주훈의 손을 잡았다. 서진은 자꾸 눈물이 났다. 이대로 영화가 끝나지 않으면 좋겠다고 생각했다.

'시간이 날 위해 멈출 수 있다면 이렇게 서글프지 않을 것을!' 하며 아픈 마음을 간신히 견뎠다.

영화가 끝나고 나오면서 서진이 말했다.

"오빠! 나 오늘 다른 일이 있어서 일찍 들어가 봐야 해요.

그러니 오늘은 그만 집으로 돌아가요." 하면서 주훈에게 가져온 봉투를 건네었다.

"오빠! 지금 읽어 보지 말고 꼭 집에 가서 읽어 보세요!" 하며 조금 함께 걸어가다가 작별 인사를 했다.

그날 주훈은 마음이 조마조마하며 약속을 받은 대로 집에 와서 그것을 읽어 보았다.

　　주훈 오빠! 우리는 이제 만날 수가 없습니다. 아니! 만
　　나지 않아야 해요. 내 마음은 이미 확고히 정해져 있습니
　　다. 왜냐구요? 만나지 않는 것이 서로를 위하는 것이 되
　　니까요. 주훈 오빠의 어머님이 다녀갔습니다. 어머님 말
　　씀이 정말 지당합니다. 나도 그렇게 생각을 해요. 그러니
　　이제부터 절대 연락하지 마세요. 오빠의 앞일에 더욱 열
　　중하세요. 그리고 군대에 잘 다녀오세요.

　　　　　　　　　　　　　　　　　　　　　- 서진 -

#12
사랑이 지나간 자리

　집으로 돌아온 서진은 마음이 더 아프고 허망하여, 오빠에게 너무 잘못한 것 같아서 괴로웠다. 그녀의 뺨에서 눈물이 마구 흘러내렸다. 서글픈 마음을 달래지 못하고 책상에 엎드려서 눈을 감고 있으니 오빠 얼굴이 자꾸 떠올랐다.

　"오빠! 미안해! 난 어쩔 수가 없어!" 그녀는 마음에서 '나와 오빠의 미래를 생각하면 만나서는 안 된다.'고 정하였다. "이런 생각을 하니 내 마음은 한국인이 맞는 것 같아!" 하며 자신이 미국 아이들하고 분명히 다르다는 생각을 해 봤다.

　서글픈 주훈 오빠의 생각을 하다가 지쳐서 책상에 엎드려 잠이 들었다. 다시 눈을 뜨고 일어나려다가 그대로 침대로 가서 누워 버렸다.

새벽에 뿌연 안개가 창가를 스치고 지나가고 있었다. 그리고 멀리서 햇살이 살포시 비추기 시작했다.

그녀는 눈을 떴다. 갑자기 가슴이 아프고 쓰라렸다. 간신히 일어나 물을 한 컵 마셨다. 그리고 창가에 다가서서 보니 주훈 오빠의 얼굴이 눈에 그려졌다. 어른거리며 오빠의 모습이 창가에 비치었다. 서진은 눈을 크게 뜨고 마구 뛰어나가려다 창 너머로 다시 한번 밖을 쳐다보았다. 오빠가 온 것 같았는데 아무도 없었다.

"그래! 내가 착각을 한 거야!

기다려서는 안 되는 사람을 내가 왜 이러는 거야!

마음의 미련을 버려야 해!" 하면서 아래로 내려가서 뒤뜰을 거닐어 보았다.

풀잎에 이슬이 총총히 맺혀 있었다. 서진은 풀잎의 제법 큰 이슬을 손가락으로 만져 보았다. 눈에서 갑자기 눈물이 핑 돌았다.

"내 마음이 왜 이렇게 아플까!" 눈물이 나오자 참지 못하고 다시 방으로 들어와 침대 누워서 엉엉 울어 버렸다.

그녀는 울다가 자신이 그렇게 쓴 글을 건네고 떠난 것을 후회했다.

"아! 내가 왜 그것을 오빠에게 주었을까?" 지금 오빠가 보고 싶고 그리워졌다.

"오빠는 바보야!

내가 헤어지자 하고, 만나지 말자고 했어도 내가 보고 싶고 원한다면 찾아와야지!

바보같이 왜 오지 못할까?

아니야! 이제 찾아오지 않아야 해!

오빠 인생을 망치게 할 수 있어!

나로서도 용납할 수가 없어!

오빠는 새로운 다른 짝을 만나서 더 잘살아야 해!"

결혼은 사랑과 운명과 힘이 있어야 한다는 생각을 하였다. 누군가 말했듯이 결혼은 서로 사랑을 하면서도 운명적이지 못하면 이루어지지 않으며, 사랑하고 운명적으로 결혼을 하였어도 지탱해나가는 힘이 없으면 결혼 생활이 절름발이가 된다고 하였다.

"부모님의 뜻에 어긋나고 살아가는 힘을 받지 못하고서, 자신이 어떻게 어려움 속에서 버티고 나갈 수 있을까?"

이런저런 생각에 젖어서 그녀는 그저 아무것도 하지 못하고 멍하니 창 너머 숲속의 나무와 하늘을 바라보고만 있었다. 그러다가 지나간 날들이 추억처럼 떠오르자 마음이 서러워졌다. 주훈 오빠와 함께했던 그 자리가 기억 속에 맴돌았다.

"오빠가 떠난 것은 나 때문이야!

오빠? 내가 말한 것은 결코 내 마음의 진실이 아니어요!

지금 내가 오빠를 사랑하는 것이 변하지 않네요!

어떻게 내 마음을 스스로 위로해야 하나요?

오빠를 떨쳐 버리려고 내가 너무 매정하였어요!

오빠는 지금 얼마나 마음이 상했을까?" 생각해 보았다.

"그러나 이젠 나는 어떻게 해요?

너무 미약한 오빠!

내 말을 그대로 받아들이고는 이제는 떠나시는 건가요?

내가 그렇게 하였으니 정말 아주 떠나 버리겠지요?

다시 찾아오면 되는데 이제 다시는 오지 않는군요!"

서진의 눈은 어느새 감겨 있었다. 오빠의 환하게 웃는 얼굴을 떠올리고는 눈을 뜨고 오빠에게 편지를 쓰려고 펜을 들었다. 하지만 그만두었다.

'아니야! 이제 주훈 오빠를 더 이상 만나면 안 돼! 이제 모든 것이 끝난 것이야! 주훈 오빠에 대한 생각을 이제 멈춰야 해! 그런데 난 왜 이렇게 몹시 외로울까!'

서진은 마음 달래고자 아주 예전에 들어 봤던 노래를 찾아보았다. 친구가 선물로 건네준 카세트테이프에 담긴 곡 뉴튼 패밀리 〈Smile again〉이 아직도 남아 있었다. 음악이 흘러나오면서 가만히 눈을 감았다. 눈에서 눈물이 주르르 흘렀다.

슬픈 마음에서도, 지난 추억들이 떠오르자 아직은 잊을 수가 없다는 것이 안타까웠다.

서진이 출근을 하지 않으니 주인에게 연락이 왔다. 결국 가구점을 그만두었다. 자신에 대한 이야기가 가구점 주인아저씨에게로 들어간 것 같아 보였기 때문이다. 다시 편의점에서 일을 하기로 하였다. 보름이 지나서 그녀는 예전처럼 그곳으로 나갔다.

한편 주훈은 술에 취하여 저녁에 들어가서 어머니에게 하소연을 했다.

"어머니 왜 그렇게 하셨습니까?

저한테는 한마디 말도 없이 왜 그곳을 찾아가셨어요?

어머니 어떻게 그러실 수가 있으세요?" 그러자 어머니가 주훈에게 강력히 말했다.

"그 아가씨와 다시는 만나지 마라!

내가 알아보았는데 너에게 맞는 배필이 아니다.

너는 어찌 겉모습만 보고 아가씨를 사귀니?

앞날을 생각하면 우리 집에 데려올 아가씨가 아니야!

지금이 헤어지는 가장 좋은 시기다.

이제부터 만나지 않으면 서로 잊고 지낼 수가 있다.

헤어져 있다 보면 차츰 멀어지고 너의 생활도 좋아질 것이다.

그리고 너의 아버지 말씀도 역시 절대적으로 반대다.

꼭 명심해야 한다.

아버지는 네가 만나야 할 아가씨가 따로 있다고 했다.

그러니 절대 만나지 마라!

아버지께 네가 다시는 그 아가씨를 안 만날 것이라고 내가 다짐했으니, 아버지 오시기 전에 빨리 너의 방으로 들어가라!

아버지한테 네가 혼쭐이 나는 것을 보고 싶지 않다."

어머니의 표정이 아주 예사스럽지가 않았다.

주훈은 술에 취해서 아버지와 마주치고 싶지 않았다. 예전에 술에 취해 들어와서 서성거리다가 다음 날 아버지께 매우 혼난 적이 있었기 때문이다.

방으로 돌아온 주훈은 어떻게 할 바를 몰랐다. 예전부터 아버지는 완고하신 분이다. 그런데 어머니는 온유하고 자상하신 분인데도 저렇게 단호하게 거부하는 말씀을 하실 줄 몰랐다. 어머니가 노여움을 가지고 저렇게 강하게 반대하시니 주훈은 마음에 억압을 매우 크게 받았다. 주훈은 가슴이 쓰라렸다.

"아! 안 돼! 서진아!

얼마나 충격을 받았을까?

얼마나 상심했을까?

서진아! 오빠가 미안해!"

주훈은 서진이의 모습을 떠올리고 걱정이 되었다. 하지만 서진은 "다시는 절대 연락하지 마세요!"라고 했다.

"서진아! 우린 이젠 끝난 것인가?" 주훈은 서진의 사진을 꺼내서 보았다. 그러다가 그대로 침대에 누워서 잠이 들었다.

아침 늦게까지 잠이 들어 있는 주훈의 방으로 어머니가 궁금하여서 시원한 음료수를 가지고 들어왔다. 그대로 쓰러져서 잠이 들어 있는 주훈을 보고 어머니는 곧바로 눕히고자 했다. 주훈이 잠에서 깨었다.

어머니가

"너 어제 술 많이 마셨구나!

일어나서 이것 좀 마셔라!" 주훈이 간신히 일어나서 음료수를 마셨다.

"아버지가 조금 전에 나가셨으니까 오후에 아버지 회사에 가 봐라."라고 했다. 그러자 주훈이

"아니요! 난 안 갈 거예요!" 하고 대답했다.

"아버지께서 시간 있을 때 회사에 들르라고 하셨어!

학교도 안 나가는데 뭘 할 거니?

설마 그 아가씨 만날 생각은 추호도 하지 마라!

주훈아! 네가 그 아가씨 만나면 내가 병이 날 것 같다!

그러니 절대 안 된다. 알았니?" 하고 강력하게 말씀하셨다. 주훈이

"어머니 왜 자꾸 그런 말씀을 하십니까?

어머니! 나도 마음이 아파요!

죽을 것 같아요! 어머니!" 하고 주훈은 울먹였다.

"시간이 지나면 다 잊게 된다. 주훈아!

너 곧 있으면 졸업식이야!

그리고 한 달 있으면 군대에 가지 않니!

그러니 마음도 바꾸고 새롭게 아버지 회사에 가서 하시는 일을 도와드려라." 하였다.

그날 주훈은 마지못해 아버지 회사에 갔다. 아버지는 주훈이 회사에 와서 일하는 것을 대견스러워하셨다. 주훈에게 영업부가 있는 곳에 임시로 앉을 자리를 마련해 주셨다. 영업부 사무실에 직원이 6명 있는데 주훈이 들어가니 7명이 되었다. 주훈은 그저 앉아서 돌아가는 사무실의 형편을 지켜보고만 있었다. 이따금 아버지가 불러서 심부름을 다녀왔다. 그러나 주훈은 온통 서진이 걱정뿐이었다. 직원들은 주훈이 사장님의 아들이라고 알고 있지만, 상당히 호기심을 갖고 다가와서 말을 꺼냈다. 하지만 주훈이 직원들과 대화를 수동적으로만 하니 흥미와 관심이 사라졌다. 주훈보다 한 살 많은 말쑥한 여직원은 처음에 주훈의 멋지고 건장한 모습에 호감이 많았지만 대화가 잘되지 않으니 서먹서먹하였다. 그리고 졸업 후 곧이어 입대하는 것을 알게 된 직원들은 주훈에 대해서 안타까운 마음으로 바라보았다.

주훈은 마음과 태도를 바꾸어 보려고 노력하지 않았다. 자신이 하는 수 없이 회사에 나와 있는 것이나 다름없었다. 아직은 그 누구도 주훈의 마음속에 있는 서진의 영상을 건드리거나 지우지 못했다.

주훈은 퇴근할 때 회사 앞 공원의 한적한 벤치에 오래도록 앉아 있었다. 서진이를 생각하지 않으려고 해도, 자꾸 얼굴이 떠오르는 것은 어쩔 수가 없었다.

"내가 이렇게 하고 있으면 안 돼!" 그리고

"내가 군대에 들어가면 잊을 수도 있을 거야!

마음을 굳건히 해야 돼!

내가 이대로 나 자신을 잃어서는 안 되지!

이렇게 지내는 것은 서진이가 나에게 원하는 것이 아니야!" 하면서 서진이가 준 쪽지에 마지막 글귀가 떠올랐다.

'오빠의 앞일에 더욱 열중하세요! 그리고 군대에 잘 다녀오세요!'

"그래 맞아! 서진이 말을 내가 명심해야 해!"

"그런데 서진아! 우리는 서로 이제 아주 끝난 것인가?" 주훈은 가슴속에서 계속 되풀이해 보았다.

어느 날 주훈이 벤치에 앉아 있는데 회사 영업부 사무실의 아가씨가 다가와서 앉았다.

"주훈 씨? 여기에 앉아서 뭘 그렇게 날마다 생각해요?

여기가 그렇게 좋아요?" 하고 물었다.

"아니요? 꼭 그렇다기보다는 여기가 한적하고 편해요." 하고 대답했다. 그러자 아가씨가

"주훈 씨는 혼자 지내며 외로운 것을 많이 좋아하는 타입인 것 같아요!

주훈 씨의 아버지는 굉장히 활달하신 분인데 아드님은 아버지를 닮지 않은 것 같아요!" 하면서

"그런데 나도 남자가 시끌거리는 것은 좋아하지 않아요.

군대에 간다는데 걱정이 되네요!

군대에서는 한시도 가만히 놔두지 않고 훈련하고 일을 시킨다는데 그런 생활이 힘들 것 같아요!

하지만 주훈 씨는 건강하니까 잘 견딜 거예요!" 하고 말했다. 주훈이

"아! 그렇게 보여요?

나는 어떻게든 버티고 견딜 겁니다.

가만히 앉아서 훈련을 안 하고 몸이 아픈 것은 나도 원하지 않습니다." 하고 대답했다. 그날 주훈은 일찍 퇴근하면서 서진의 사진을 다시 꺼내서 보았다.

#13
겨울 애상

1997년 어느덧 가을이 지나고 겨울이 왔다. 서진은 편의점에 손님이 많아져서 바삐 일에 매달렸다. 그런데 주간에 교대하는 직원이 사정 때문에 다음 주에 쉬어야 하니, 미리 일을 앞당겨서 하겠다고 하여 서진은 집에서 지내기로 했다.

서진은 피곤해서 그런지 아침에 늦게 일어났다. 일어나서 창문 밖을 내다보았다. 나뭇잎이 다 떨어지고 앙상한 가지가 바람에 떨고 있었다.

서진은 커피를 타서 마셨다. 예전엔 겨울 풍경이 좋았는데 밖을 내다보아도 책상에 앉아 있어도 쓸쓸하기만 했다. 책을 읽으려다가 다시 창가로 가서 앙상한 나뭇가지 위에 기러기가 날아가는 하

늘을 멍하니 올려보았다. 멀리 혼자 떨어져서 날아가는 외기러기
가 슬픈 자신 모습과 같았다.

"왜 아픈 내 가슴이 아직도 사라지지 않고 이렇게 남아 있을까?

그 사람을 지울 수 없다면 차라리 추억으로 간직하고 싶어!" 그
런 생각을 하다가

"그 사람은 얼마나 마음이 아플까?

내 슬픈 얼굴을 생각해 낼 수 있을까?" 하며 멍하니 다시 빈 하
늘을 바라보았다.

어느새 시간이 많이 흘렀을까 찬바람이 불고 날씨가 금방 어두
워졌다. 삶이 힘들어지는 것 같았다. 찾아오는 사람 없고, 혼자 있
으니 식욕이 사라지고 아무것도 못 먹을 것 같았다.

마음이 울적하여 아무것도 하고 싶지 않았다. 종일 책을 읽다가
덮었다 다시 읽다가 잠이 들었다. 깨어나 보니 아직 날이 밝지 않
은 새벽이었다. 바람 소리가 간간이 들리어 창밖을 바라보니

어느새 내렸는지 온통 대지와 나무에 눈이 수북이 하얗게 쌓여
있었다.

그녀는 외투를 걸치고 밖으로 나갔다. 차가운 바람이 얼굴에 부
딪혀 시리었다. 눈이 아직도 내리고 있었다. 언덕 아래 졸졸 흐르
는 물은 얼면서 눈 속에 갇혀 버렸다. 가까이에 귀를 대 보니 얼음
아래에 흐르는 물소리가 이따금 간신히 들려왔다.

"더 이상 추워지면 가냘픈 소리조차 멈추게 될 거야!

그건 더 이상 흐를 수 없는 내 사랑처럼 되는 것이야!

꽁꽁 얼어 버린 내 사랑!

투명한 얼음 속에 갇힌 내 사랑!

하지만 녹아서도 부서져도 안 돼요!

지나온 흔적의 영상이 사라지면 안 되니까요!"

그러면서 그녀는 서서히 눈에 쌓이는 언덕길을 터벅터벅 헤치며 걸어갔다.

가끔 휘몰아치는 매서운 찬바람이 얼굴에 부딪혔다.

하얗게! 하얗게! 온통 변해 버린 모든 것들.

아무것도 실체를 알아볼 수가 없었다. 가만히 서서 높은 하늘 쪽을 바라보았다. 텅 빈 하늘의 높은 가지에 가냘프게 붙어 있는 나뭇잎이 눈에 얼어 견디지 못하고 흔들리고 있었다. 하얗게 눈에 쌓여 얼어 있어도, 소스라진 바람이 몰아쳐도 아직도 떨어지지 못하고 있는 것이 안타까워 보였다.

"차라리 매달리지 말고 떨어져 버리지.

왜 혼자만이 저렇게 버티며 떨고 있는가?

붙어 있지 말고 거기서 벗어나는 것이 더 나을 텐데!"

손을 뻗어서 나뭇가지에 쌓인 눈을 만져 보았다. 차가운 눈이지만 부드럽게 느껴졌다. 다시 눈을 쓸어 모아서 손바닥에 담아 뭉쳐 보았다. 그녀는 조그맣게 뭉친 눈을 이마에 대었다. 섬뜩한 차가움이 느껴졌다. 다시 또 뺨에 대어 보았다. 조금 더 있으니 뺨이 시리었다. 그리고 눈이 녹아서 서서히 흘러내렸다.

"아! 가슴속에 얼어붙은 내 슬픈 흔적도 이처럼 녹아서 사라질수 있을까?

흔적까지 녹아 흘러가 버리면!

텅 빈 가슴 안고 어떻게 지내야 해?

그러니 지금은 안 돼!

아직은 흔적을 간직하고 싶어!

하지만 어차피 잊어야 할 그 사람!

차라리 이 겨울이 끝나기 전에 녹여 주었으면 해!

더 이상 간직하고 싶지 않아!

그래 맞아!

지금은 지울 수 없지만 조금 지나면 이따금 잊을 수는 있을 거야!

그리고 더욱 시간이 지나서 모든 것을 떨쳐 버리면 외롭고 쓸쓸하지만 난 점점 괜찮아질 거야!

날카로운 흔적도 사라질 거야!"

그녀는 '그래! 그래야 해!' 하면서 마음을 돌려 집으로 오고자했다.

간간이 흩날리는 눈발에 머리를 다듬어 올리며 먼 곳을 바라보앉다. 그런데 갑자기 어릴 때 어머니와 함께 눈밭에서 눈을 뭉치고 굴리며 놀았던 기억이 떠올랐다. 그때 어머니와 함께 눈덩이를 탑처럼 쌓아 놓고 좋아했는데! 그녀는 어머니를 생각하자 마음이 울컥하여 또다시 서글퍼졌다.

#14
흔들리는 밤하늘

1998년 새해가 오고 2월의 마지막 날 주훈은 군 입대를 하였다. 서진은 이미 주훈의 생각을 떨쳐 버리려고 마음속에서 수없이 다짐하고 일에만 열중하였다. 지나간 모든 것을 저버리고 오로지 하루하루를 바쁘게 보내었다. 일이 끝나면 곧바로 집에 오고 아침에 다시 가는 것이 일상생활이 되었다. 그렇게 몇 달이 지났다.

초여름이 다가오는 날에 교대하는 직원의 부탁을 받아 온종일 근무하였다. 그래서인지 저녁 늦게 일을 마치고 지쳐 버린 서진은 집에 오다가 쓰러지듯 주저앉아 버렸다. 그것을 예전에 편의점에서 함께 일을 했었던 동료 직원 '정미'가 보았다. 참으로 다행이었다. 정미는 서진을 부축하여 일으켜 주면서 늦었지만 저녁 식사를 사 주겠다고 했다. 정미가 함께 일했던 때는 서진보다 한 살이 많아서 언니로 여기며 지냈다.

정미는 성격이 활달한데다가 개성이 있고 지루한 것을 싫어하는 여직원이었다. 용모가 아담하고 예쁘지만 새침을 많이 떨고 집안 환경이 좀 넉넉하여서 그런지 일에 몰입하지 않고 자유분방하였다. 그런 이유로 가끔 정미는 서진에게 교대 근무가 늦어서 부탁을 많이 하였었다. 정미는 그때 대신 일을 해 준 것에 대하여 고맙고 미안하다고 했다.

정미는 식당에서 서진과 식사를 하다가 옛날이야기를 하였다. 그러다가 흥이 났던지 맥주를 시켜서 마셨다.

정미는 예전의 남자친구에 대한 이야기를 온통 하며 헤어진 이유를 말하였다. 지금은 새로운 남자친구를 사귀어 보려는 중이라고 했다.

서진은 마음이 솔깃하여 그저 듣기만 하였다. 그러더니 서진에게 남자친구가 있냐고 물었다. 서진이 고개를 저었더니 마땅한 남자를 다음에 소개해 주겠다고 했다. 하지만 서진은 마음이 내키지 않아서 지금은 괜찮다고 사양하였다.

그녀는 아직은 누구에게도 자신의 마음을 놓아주고 싶은 심정이 아니었다. 정미는 알 수 없는 말을 많이 하며 혼자서 흥이 나 있었다.

그날 서진은 정미가 따라 준 맥주를 두 잔 마셨다. 피곤함이 사라짐을 느끼면서 정신을 가다듬었다. 그녀는 집에 가까이 오면서 하늘을 보니 모처럼 밤하늘에 별들이 빛나고 있었다. 낮에 비가 내린 후 하늘은 맑아졌어도, 별빛에 빛나는 자기 자신의 얼굴이 많이 슬프고 초라해 보이는 것 같았다. 하지만 이제는 그 사람이 없어도 괜찮다는 생각을 하며, 걸음을 천천히 집으로 향하고 방에 들어와서 모처럼 잠을 푹 잤다.

그 후 서진이 비번이어서 쉬는 날인데 옛 동료 정미에게서 전화가 왔다. 정미가 지난번에 갔던 식당 옆 카페에서 그때보다 조금 일찍 만나자고 했다.

서진이 만나기로 마음을 정하고 그곳으로 갔더니 정미는 술과 안주를 시키더니 한숨을 쉬면서 자신의 넋두리를 늘어놓았다. 서진은 잠자코 하는 말을 듣기만 하였다.

정미가 하는 말이

"내가 만난 지 얼마 안 되는 남자친구가 있는데 그 남자가 싫다."라고 하였다.

그 사람은 나의 취향이 아니라서 싫고, 약간 섞인 경상도 말투가 싫고, 자신은 아직 사람을 가깝게 사귀고 싶지 않은데 너무 달라붙는 느낌이 더욱 싫다고 했다.

"그래서 서로가 결별했는데, 사실이 그러니까." 서진에게

"내가 그 남자를 소개해 줄 테니까 마음에 들면 사귀어 봐.

싫다고 하면 그 사람도 미련 없이 떠나는 사람이니 걱정하지 마라!" 하였다.

서진은 마음이 내키지 않아서 거절하였다. 그런데 갑자기 몸이 깡마르고 훤칠한 한 남자가 나타나서 서진은 많이 당황하였다. 서진이 자리를 피하지 못하고 어찌할 바를 몰라 하니 정미가 서진을 보면서 그 남자에게 앉으라고 하였다.

그 남자는

"초면에 미안합니다.

안녕하세요! 저는 박대국이라고 합니다." 하며 정중히 인사하고 앉았다.

서진은 하는 수 없이 그대로 앉아 있었다. 정미는 그 사람과 서로 이야기하면서

"서진 씨! 내가 정말 너무 미안해!

말했잖아! 이 사람과 나는 서로 결코 아무런 관계가 없고 그저 어쩌다 마주치며 이야기하는 사이야."라고 했다. 그러면서

"우리가 미팅에서 만났는데 내가 앞으로 서로 만나는 것이 싫다고 했는데 이 남자가 하는 말이 나를 싫어하면 다른 아가씨를 소개해 줄 수 있어요? 하며 아주 당돌하게 떼를 쓰고 간청하여서 내

가 미안한 마음에 어쩔 수 없었는데, 갑자기 서진 씨를 생각하고 이렇게 자리를 같이한 것"이라고 했다.

서진은 참 어처구니가 없었다.

당사자인 본인의 이야기도 안 들어 보고 승낙도 없이 마구잡이로 이런 일을 벌이다니 은근히 모멸감이 생기고 화가 치밀었다. 그래서 자리를 박차고 나가려고 하는데 정미가 다시 또 이렇게 그 남자가 앉아 있는 자리에서 사과하였다.

"서진 씨! 정말로 내가 미안해!

갑자기 당황하게 만들어서!

그런데 우연하게도 이렇게 되어 버렸네!

그냥 날 봐서 잠시 앉았다가 가면 좋겠어요." 하며 애청하는 눈빛을 띠고 서진을 바라보았다. 그러자 그 남자가 하는 말이

"나도 미안합니다.

내가 아직 올 자리가 아닌 것 같은데요!" 낯선 표정으로 서진을 바라보았다. 그리고 서진의 용모에 많이 놀라는 표정을 지었다. 더 이상 뭐라고 할 말을 잊지 못했다.

그러자 정미가 그 남자와 안부적인 이야기를 주고받더니 그 남자에게 하는 말이

"여기 서진 씨가 대국 씨를 만나는 것을 싫다고 하면, 내가 다른 사람을 소개하여 줄 테니까 미련 없이 떠나는 것 알지!

———

알았어?” 하였다. 그 남자가 고개를 끄덕이며 정미에게

“누나! 난 절대로 그런 사람 아니야! 잘 알잖아!

서진 씨! 미안합니다.

나는 본래 그러지 않은데 이렇게 짓궂은 사람이 되어 버렸네요.

다시 한번 미안합니다!” 하고 자기들끼리 뭐라고 이야기하자마자 그 사람이 다시 서진에게 인사를 하며

“저는 고향이 경상도이며 집에서 목장을 하며 천안에서 학교에 다닙니다.”라고 자기소개를 간단히 하였다. 경상도 말투인데도 더디고 버벅거렸다. 그리고 일어서더니

“오늘은 다른 일이 있어서 내가 가 봐야겠습니다.

오늘 별안간 난처한 일을 만들어 당황케 하여 미안합니다.

천천히 많이 드시고 가시지요!

내가 모두 계산해 놓고 가겠습니다.

내 연락처는 여기 누나가 가지고 있습니다.” 하며 가 버렸다.

그 남자가 가니 정미가 다시 또 사과했다.

“많이 당황했지! 미안해!

내가 이 사람에게 연락을 안 했는데 여기 바로 오기 전에 길에서 마주쳤어!” 이 사람이 하는 말이

“정미 누나! 알고 있어?

지난번에 나하고 했던 약속 지키는 거야? 하며 외치길래!

내가 '알았어!' 하고 얼른 대답하면서 갑자기 경솔하게 20분 정도 지나서 여기 이곳 카페로 잠깐 왔다가! 라고 말해 버렸지 뭐야!

그렇게 해서 말실수를 저질러 버렸고, 그래서 그 남자가 여기에 나타난 거야!" 하면서 얼굴이 죄지은 사람처럼 표정을 지었다. 서진은 하는 수 없이

"정미 언니! 너무 그러지 마! 알겠어?

내가 얼마나 많이 당황했는지 알지?

다음에는 이러지 마!" 하였다. 정미가

"난 미팅에서 만났지만 이 사람이 나에게 맘에 드는 것 하나 없어!

그런데 또 만나게 된 거야!

차를 함께 마시자고 하더라!

그래서 단호하게 다시는 만나지 말자고 했는데 엊그제 연락이 온 거야.

다른 사람을 소개해 줄 수 있냐고 간청을 하더라구!

그런데 내가 다시 말하지만 오늘 여기 오는 길에 우연히 마주친 거야!

그래서 이곳으로 오라고 해 버렸어!

그러니 내가 저지른 실수야!"라고 하소연했다.

다시 정미는 미안한 마음을 가누지 못하다가 이렇게 말했다.

"서진 씨! 그러니 내가 잘못한 거니까

그냥 나온 음식이나 먹자!" 그러면서 서진에게 맥주를 한 잔 따라 주었다. 자신도 한 잔을 따르며 서진에게 건배를 하자고 했다. 서진은 이렇게 말했다.

"정미 언니? 다시는 이런 실수하지 마!

그렇다면 내가 마실게." 이렇게 말하자 정미가

"알았어! 다시는 이런 실수 안 할게." 하고 술을 마셨다. 이어서 정미는 한 잔을 더 마시더니 그동안 살아가는 이야기와 옛날 어릴 때 이야기 등을 늘어놓았다.

예전에 정미의 집도 가난하고 힘들었는데 지금은 많이 넉넉해졌다고 말했다.

그러자 서진도 옛적에 미국에 있는 친한 친구와 즐거웠던 이야기를 하며 그 친구들이 보고 싶으며 그립다고 하였다.

서진은 정말 오래간만에 술을 마시고 나왔다. 카페에서 일할 때도 거의 술을 마시지 않고 주점에도 가지 않았었다. 하지만 정미를 만나고 나서 술을 조금 마신 것 같은데 취기가 돌았다. 오늘 밤도 걸어가다가 밤하늘을 쳐다보았다. 깜깜한 밤하늘에 반짝이는 수많은 별들이 서진의 외로운 마음을 다시 어지럽혔다.

"저 많은 별들이 오늘 밤 왜 저렇게 돌아다니고 있을까?"

서진은 마음이 뒤숭숭했다. 그런데 서진의 입에서 갑자기 자신도 모르게

"주훈 오빠! 나를 이대로 두고 떠나지 말아요!" 하며 말이 나오면서 맴돌았다. 서진은 술기운에 정신이 많이 혼미해졌다. 하지만 마음을 가다듬었다.

"주훈 오빠! 오직 내 사랑은 오빠에게만 주고 싶어요.

다른 그 누구에게도 아직은 줄 수가 없습니다.

하지만 난 이제 어떻게 해야 하나요?

나의 사랑은 아득히 멀어져 가고 상처만 남겨져 있네요!

기러기는 사랑의 약속을 영원히 지키며, 짝을 잃으면 결코 다른 짝을 찾지 않고 홀로 지낸다고 하는데 난 기러기가 아닙니다.

그런데 내가 어찌 그런 기러기처럼 되어 버린 것인가요!"

서진은 자신이 사는 모습이 애처로웠다. 다시 새까만 밤하늘 속의 별들을 보았다. 별들이 이리저리 흔들리고 위에서 아래까지 움직이고 있었다.

"아! 어지러워!

오늘따라 별들이 난리법석을 떨까?

나는 어디를 향하는 것일까?

나는 다시 또 하나의 사랑을 찾아서 가야 하나요?"

그녀는 수많은 별들 속에 파묻혀서 중심을 잡지 못하고 함께 흔들리며 지쳐 가는 자신의 모습이 처량하게 보였다.

#15

잃어버린 순간들

다시 많은 낮과 밤이 수없이 지나가고 1998년 가을색이 짙어 왔다. 서진은 틀에 박힌 것처럼 일에 몰두하며 집과 일터를 오고 갔다.

그런데 어느 날 오후에 아주 뜻밖에도 미국에 사는 친구 미선이 가 찾아왔다. 두 사람은 너무도 반가워서 서로 얼싸안고 한동안 어쩔 줄 몰랐다. 아주 오랜만에 서로가 마주 보면서 감격하였다. 서진은 일을 동료에게 부탁하고 일찍 나왔다.

미선은 미국에서 학교에 다닐 때 단짝 한국인이었다.

미국에서 제니에게는 '미셀'이라는 아주 가까운 한국인 친구가 있었다. 한국 이름은 '유미선'이다. 그녀는 생물학을 전공할 것이라고 했다. 아버지와 어머니는 모두 미국에 와서 조그만 사업을 하며 바삐 돌아다니신다고 하였다.

제니는 미셸을 데리고 집으로 왔다. 두 사람은 서로 아주 오랜만에 만나서 안부를 묻고 지나간 옛이야기를 하다 보니, 너무나 즐겁고 시간이 가는 줄을 몰랐다.

미선이도 그동안 많이 변해 있었다. 졸업한 후에 모습도 달라지고 말투도 바뀌었다. 학교에 함께 다닐 때보다 세련되고 날씬해졌다. 대학에서도 생물학에 대하여 여전히 관심이 많고 흥미를 갖고 있었다. 미선은 서진이 그동안 지낸 이야기가 궁금해서 물어보다가 어머니가 세상을 떠난 것을 알고 슬퍼하였다. 두 사람은 서로 눈물을 흘리고 말을 잇지 못하고 위로하였다.

미선은 미국에서 서진의 집에 가끔 놀러 가서 어머니를 잘 알고 지냈기 때문이다. 미선은 어머니를 잃은 서진의 마음을 위로하였다.

그런데 미선이도 휴학 중이었다. 중국과 일본으로 업무 일을 가시는 아버지, 어머니와 함께하려고 당분간 학교에 다니지 않는다고 하였다. 다음 새 학기에 다시 나간다고 하며, 한국에 잠시 머무는 동안 서진을 찾아온 것이다.

미선이도 아주 어릴 때 한국에서 미국으로 갔기 때문에 한국의 문화에 대해서 거의 익숙하지 않았다. 그래서 한국어를 아주 잘하지는 못했다.

서진이 한국어를 무척 잘하고, 한국에서 읽은 책과 텔레비전에 나오는 이야기를 하면 미선은 깜짝 놀라며 감동하였다. 서진은 미선에게 잘 알아듣도록 이야기를 자상히 설명해 주었다. 서진이 한국에 대해서는 훨씬 더 많이 알고 있는 것은 많은 책을 읽고, 한국 문화에 푹 빠져서 심취하고 즐거워했기 때문이다. 그만큼 한국인에 대한 정서적인 면과 생활적인 면을 피부로 많이 느끼며 지내온 것이다.

서진은 미선을 데리고 저녁 식사하러 나갔다. 서진과 미선은 이런저런 이야기를 하다가 미선이가 설악산을 가자고 했다. 서진은 맞장구를 치며 좋다고 말하였다. 그런데 서진은 사실상 설악산에 아직 가 본 적이 없었다. 막상 가려고 하니 너무 멀고 숙소를 정해야 하니 어찌할 바를 몰랐다. 그래서 보다 가까운 속리산으로 가자고 하면서

"미선아! 나도 아직까지 속리산을 가 본 적이 없다." 하였다. 미선은 좋다고 하였다.

다음 날 서진은 일하러 가서 곧 돌아왔다. 내일부터 이틀 동안을 사정하여서 근무하지 못함을 말하고 쉬기로 하였다.

두 사람은 교통편과 준비할 것을 알아보고 나가서 쇼핑하다가 태어나서 처음으로 고어텍스 등산화를 사서 신어 보고 흐뭇해하

며 즐거워하였다.

천고마비의 계절, 가을! 두 사람은 아침 일찍 일어나서 설악산이 아닌 속리산으로 출발하여 마침내 도착하였다. 속리산은 경치가 너무나 아름다웠다. 한국의 깊은 자연에서 신비함을 느꼈다. 맑고 푸른 가을 하늘 아래 속리산 자락이 알록달록한 단풍으로 물들기 시작하며, 간혹 불어오는 시원한 바람이 두 사람의 가슴을 후련하게 해 주었다. 미선이가 말했다.

"서진아! 여기 정말 좋다.

이런 기분 처음이야!

이런 곳에 산다면 모든 것을 떨쳐 버리고 내가 날아갈 것 같아!" 그러자 서진이

"나도 그래! 한국에 이런 곳이 있다니 참 좋다.

미선아? 네가 이사 가서 새로 사는 곳에는 올봄에 토네이도가 덮쳐서 만신창이가 되었다며?

그런데 여기는 그런 것이 없고 겨울에도 소복한 눈이 내리고 멋있어!" 하자 미선이

"넌 참 좋겠다!

난 아버지 사업 때문에 한국에서 살아가기가 힘들 것 같아!

내가 사귀는 남자친구도 미국인이거든!" 하고는 더 이상 말을

잇지 않고 멈춰 버렸다.

"그런데 서진아!

우리가 점심을 어느 식당에 가서 먹기로 하지 않았니?

난 배가 고픈 것 같아!" 하고 말했다. 서진이

"그래 맞아!

우리 조금만 둘러보고 내려가서 점심 먹자!" 하고 대답했다.

두 사람은 내려와 속리산 아래의 식당으로 들어가서 점심을 먹었다. 한정식을 시켜서 먹어 보는데 여러 가지 음식이 너무나 많이 나오는 것을 처음 알았다. 서로가 놀라면서 감탄하고 즐겨 먹었다. 이윽고 미선이

"야! 정말 참 맛있다! 배부르게 잘 먹었다!" 하며 좋아했다.

점심을 마치고 두 사람은 다시 속리산 절을 구경하고, 산행하는 사람들이 드물게 다니는 곳으로 따라서 올라가다가 경치가 좋은 곳에서 앉아서 쉬었다.

미선이 말했다.

"제니? 넌 아직 남자친구 없니?" 서진이

"응!" 하며 그저 고개를 끄덕였다.

"제니! 난 남자친구가 있는데 대학 입학해서 바로 만났어!

솔직히 남자친구가 없어서 너무 허전했거든!

도서관에서 나오다가 만났는데 처음에는 멋지게 보이더라!

미국 애인데 생글생글하고 귀여워서 외모에 마음이 끌리더라!

그런데 아직은 내 이상형이 아니야!

천방지축 너무 장난스럽고 미래 생활이 보이지 않아!

무엇을 하겠다는 목표가 없고 되는대로 살겠다는 심산이야!

먹는 것을 너무 좋아해!

커피도 하루에 컵에 가득 10잔도 마시는 애야! 내가 놀랐어!

내 이상형은 마음이 따뜻하고 예의가 바르고, 사랑하는 사람을 위해서 자상하고 인내심이 있고, 언제 어디서나 나를 지켜봐 주고 편하게 의지할 수 있는 그런 사람이야!

외모만 가지고 처음부터 만나지 말아야 해!

놀기도 잘하고 술도 잘 마시는 등 겉으로만 모자랄 것 없는 남자가 나에게 안 맞는다는 것을 알게 되었어!"라고 했다. 서진이

"그러면 헤어질 거야?" 하고 물었다. 미선이

"아직은 잘 모르겠어!

그 애가 현재 생활 방식이 그리하여도 나중에는 좀 더 나아질 것 같은 마음이 들거든!

나에게 맛있는 것도 잘 사 주고, 나하고 꼭 어디든지 가려고 하거든!" 했다. 서진이

"당장 헤어지지는 마라!

그리고 서로 사랑의 확신도 없이 헤어지자는 말을 먼저 하면 안

돼!" 하였다.

　두 사람은 속리산에서 밤늦게 집으로 돌아왔다. 두 사람은 우선 샤워를 하고 나니 너무 피곤하여 곧바로 잠이 들었다. 예전에 그랬듯이 함께 붙어서 잠을 잤다. 늦은 아침이 되어 서진은 먼저 눈을 뜨고 미선을 바라보았다. 미선의 화장기 없는 얼굴이 예전처럼 여전히 환하게 빛났다. 서진은 미선의 얼굴을 보다가 헝클어진 머리를 다듬어 주고 일어나 시계를 보니 벌써 정오가 되어 가고 있었다. 서진은 '어떻게 하면 미선이와 즐겁게 시간을 보낼 수 있을까?' 생각해 보았다.

　"그래! 미선이가 좋아하는 파스타 요리해서 먹자!" 하고 준비하였다.

　서진은 아침 겸 점심으로 미선이가 좋아하는 방식의 파스타를 듬뿍 만들었다. 미선은 예전이나 지금이나 배고픔을 참지 못하는 것 같았다. 아주 좋아하며 맛있게 먹었다. 오후에 돌아간다는 애가 먹으면서 시간 가는 줄 모르고 옛이야기가 끝이 없었다. 몽땅 먹고 나더니 벌떡 일어나 펜을 들더니 남자친구에게 편지를 보내야 한다며 서둘러서 뭔가를 쓰기 시작했다.

　미선이는 쓰면서 마냥 즐거워서 생글생글하며 어쩔 줄 모르고 기분이 고조되어 있었다. 아니? 미선이는 그 남자친구가 못마땅하다면서 많이 좋아하는 모양이다. 이렇게 한국에 와서 있으면서도, 헤어지지 못한 남자친구를 많이 생각하는 것 같았다.

'뭐가 그리 좋을까?' 하면서 흐뭇해하는 미선을 의아심으로 물 끄러미 바라보는 서진은 자신의 처지가 안쓰럽기만 했다. 편지 쓰 기를 끝낸 미선은 기분이 상기되어 다시 자기 자랑을 하는데 이야 기보따리가 끝이 없었다.

미선은 좋아하는 것이 많고 싫어하는 것이 별로 없었다. 그나 마 싫어하는 것도 다시 좋아질 수 있는 아량을 가지고 있었다. 예 전부터 뭐든지 거절하는 성격이 아니었다. 미국에 있을 때 즐겁고 다정하게 놀면서 서로의 집을 오가며 지냈는데, 미선은 아직도 그 성격은 변하지 않은 것 같았다. 자신은 당돌한 면모가 사라져 가 고 흐뭇한 마음도 잃어버렸는데 미선은 예전과 똑같았다. 그러니 "내가 변한 모양이다.

아니! 내 마음이 변한 것이야!" 하며 서진은 자신의 심정을 추슬 러 보았다.

오후가 되어 미선이는 서울로 올라갔다. 미선이와 함께했던 시 간이 정말 감쪽같이 빨리 지나갔다. 미선이도 즐겁고 나도 마냥 즐거운 날이었다.

서진은 미선을 보내고 나니 마음이 서운하고 쓸쓸해졌다. 미선 이와 함께 지내면서는 전혀 다른 생각을 갖지 못했다. 또 미선이 와 재미있게 이야기하고 듣는 동안에 모든 것을 까맣게 떨쳐 버리고 지냈다. 미선이와 함께 있으면서 주훈 오빠의 생각도 전혀 떠오르지 않았다. 그리고 지금 자신에게 모든 옛일이 가물가물해지는 것이 믿기지 않았다. 마음속에 간직했던 짐을 던져 버린 느낌이었다.

"그래! 영원한 것은 없다!" 하고 그녀는 마음을 단정하였다. 그런데 왠지 마음이 갑자기 자꾸 서글퍼졌다.

창밖을 내다보았다. 파란 하늘에 작은 구름 조각 하나가 어렴풋이 흘러가고 있었다. 점점 멀리 사라지는 구름을 보는 서진은 갑자기 눈물이 났다. 고개를 돌려서 바라보니 유리창에 모습이 반사되어 비추었다.

"아! 내 슬픈 얼굴아!

나는 어디로 흘러가니?" 어느새 다시 마구 외로움을 느꼈다. 그녀는 두 눈에서 주룩 흘러나오는 눈물을 닦고 책상에 앉아서 어렴풋이 떠오르는 주훈 오빠의 얼굴을 종이에 그려 보았다.

#16
다시 또 겨울

주훈이 졸업하고 곧바로 군대에 들어간 후 한 해가 지났다. 서진에게는 또다시 겨울이 왔다. 열흘이 지나면 해가 바뀐다. 차가운 초저녁 거리의 쇼핑몰에서 가끔 흘러나오는 크리스마스 캐럴이 서진의 가슴을 뭉클하게 했다. 예전에 이맘때 미선의 집에서 크리스마스 캐럴을 들으며 밤새껏 즐겁게 놀았던 것이 생각이 났다. 미선이가 지금 잘 지내고 있는지 궁금하기도 했다.

서진은 곧바로 집으로 와서 책상 위에 있는 커피를 끓여 마셨다. 이제 주훈 오빠에 대한 기억은 많이 사라져 갔지만 아직도 잔상이 남아 있었다. 잊고자 하면 기억이 되살아나고, 그냥 생활에 열중하여 지내면 자연스럽게 망각되었다.

겨울바람이 불고 추위가 다시 찾아오니 왠지 마음이 외롭고 쓸쓸하기만 하였다.

밤에는 언덕을 타고 불어오는 바람이 찢어지는 파열음을 내고, 덜컥 덜컥거리는 창문 소리가 몸을 움츠리게 하고 두렵기도 하였다. 그래도 지난겨울은 포근하고 흰 눈이 자주 내렸지만 이번 겨울은 유난히 매서운 바람만 불고 아직 눈은 오지 않았다.

꽁꽁 얼어붙은 대지에 적막감이 쌓이면서 갑자기 외로움이 많이 느껴졌다. 외로움은 이별보다 더 슬프다고 하는데 그런 기분이 들었다. 서진은 아련한 기억 속에 아직 남겨진 그 사람 얼굴을 떠올려 보았다.

"그 사람이 날 그렇게 좋아했는데!

나를 만나면 즐거워했는데!

언제나 변치 않는 주훈 오빠를 내가 떠난 것이 죄가 되었네요!" 하다가 다시 그녀는

"떠나야지! 잊어야지!" 하며 입술을 깨물었다.

"가슴에 새겨져서 그 사람을 지우지도 못한다면 내게 아직도 미련이 남아 있는 거야?

지우려면 뒤를 돌아보지 말아야 하는데 그게 안 돼!" 하며 자신의 마음이 애처롭기만 했다.

서진은 책을 덮고 조용히 눈을 감았다. 모든 것을 잊고자 하며

마음을 정리해 보려고 하니, 갑자기 이 세상에 자신이 의지하고 믿고자 할 그 누구도 없다는 것이 슬퍼졌다.

'난 아직은 아닌데 내가 왜 외기러기처럼 되어 버린 것인가?' 하는 생각에 의자에서 일어나서 거울을 보았다. 변해 가는 자신의 모습이 마음에 상처를 더욱 가져다주는 것 같았다.

새 아침이 시작되고 하루하루를 바삐 일에 열중하였다. 연말이라 그런지 사람들이 분주하고, 물건을 사려고 많이 들어왔다. 추운 날씨인데도 거리에는 사람들이 북적이고, 가끔 눈에 띄는 연인들은 무엇이 좋은지 서로 손을 잡고 즐겁게 이야기하며 지나갔다.

미선에게서 뜻밖에 편지가 왔다. 서진은 너무 반가워서 얼른 봉투를 찢고 읽어 보았다.

한참 편지의 글을 읽어 가는 중에 서글픈 문구가 나왔다. 미선이 사귀는 그 사람과 헤어졌다는 것이다. 미선은 그 사람과 잘 지내려고 무척 노력했는데, 지금도 여전히 술을 잘 마시며 돌아다니기를 좋아한다고 했다. 그러면서 미선에게 관심도 점점 사라지고 흥청대며, 붙잡지도 않고 사랑한다는 말도 한 번도 하지 않았다는 것이다. 그래서 끝내기로 했다고 했다. 그 후에 한 달이 지났는데 마음이 후련하고, 담담하며 미련이 없다고 했다. 미선이와 남자친구가 서로 헤어진 것을 아는 동료가

"요즘에 어떻게 지내니?" 하고 물어보면

"사는 것이 그냥 그렇지 뭐!"라고 대답한다고 했다.

편지의 끝에 '서진아! 넌 어떠니? 넌 사는 게 재밌니?' 하고 물음표가 찍혀 있었다. 서진은 마지못해 답장에 이렇게 썼다.

사는 것이 뭔지 난 아직도 모르겠어! 나에게 의미를 가져
다주는 날이 언젠가 오면 찾을 수도 있을 거야! 기다리면
그런 날이 올지도 몰라! 대체 언제쯤일까? 그것이 나에게
궁금해! 그런데 말이야! 미선아? 책에서 읽었던 그 누군가
의 말이 기억나는데 '영원히 사랑하려고 해도 뜻대로 되
지 않는다.'야. 이것이 맞는 것 같아! 그건 그렇고, 네가
그 사람에게서 사랑받지 못하는 것은 슬픈 일이야! 그런
데 네가 그 사람을 사랑할 수 없는 것은 훨씬 더 슬프다!
                                                          - 서진이가 -

한편 주훈은 군대에서 매일매일을 열중하여 복무하고 있었다. 처음에는 서진이 보고 싶어도 이를 악물고 참고 견디었다. 힘들고 계속된 훈련도 극복해 나갔다. 하지만 어떨 땐 잠시 틈이 나면 희미해져 가는 서진의 모습을 그려 보았다. 그러다가 아무도 없는 곳에서 참지 못하고 눈물을 글썽였다.

"그립고 보고픈 서진아!

이 추운 겨울에 내가 너에게 해 줄 수 있는 것은 아무것도 없구나!

우리가 다시 만날 수 있는 기약도 없이 헤어졌으니, 내 마음이 찢어지듯 아프다.

지금 또다시 차가운 바람이 불고 너와 나는 슬픈 겨울 사랑이 되었지만, 아직도 나는 너의 얼어붙은 마음을 내 뜨거운 가슴으로 녹여 주고 싶다."

주훈은 이렇게 되새기며 멍 뚫린 마음으로 먼 하늘을 바라보며 한숨을 쉬었다.

#17
파도리의 연정

　해가 바뀌어 1999년이 되고, 주훈이 서산 부근의 군부대에서 근무한 지 1년을 넘기고 여름이 되어 가고 있었다. 주훈은 군대에서 휴가를 받았지만 서진에게 갈 수가 없었다. 서진이 절대로 찾아오지 않도록 단호하게 말했기 때문이다. 지난번 휴가 때는 어머니께서 감시하며, 다시금 강력하게

　"절대로 그 아가씨를 만나지 말라!"고 하셨다. 그렇지만 주훈은 어머니의 엄정한 뜻을 따르고, 견디면서 서진을 잊어버리고자 하여도 얼굴이 자꾸 떠오르니 어찌할 도리가 없었다.

　그런데 해가 바뀌어 마지막 휴가를 나온 주훈은 부모님의 눈길

을 피해서 서진을 찾아가기로 마음을 정했다.

이날은 새천년을 앞에 두고 6월 중에 낮이 가장 길다는 하지였다. 날씨가 화창하고 아주 따뜻한 날이었다. 군대에서 휴가 나온 주훈은 서진에게 갔다. 주훈은 서진이 아직도 일하는 곳을 미리 종혁에게서 알아 두었다. 주훈은 미리 약속한 대로 종혁의 차를 빌려서 운전하여 서진이 있는 곳으로 갔다.

서진이 일하는 장소는 그리 멀지 않았다. 주훈은 차를 멀리 주차하고 가까이 가서 바라보니 서진이 일하고 있었다.

주훈은 감격하여 서진을 보고 창밖에서 손을 흔들어 불렀다. 그러자 서진이 밖에서 군복을 입고 손을 흔드는 사람이 주훈임을 알아차렸다.

"아니! 주훈 오빠가 여기 웬일이야!" 하며 너무나 깜짝 놀랐다. 서진은 그리웠던 오빠의 얼굴을 보자 무척이나 기뻐서 가슴 찡하고 북받쳐 올라 눈물이 핑 돌았다. 어쩔 수가 없어 손님이 없는 틈에 빨리 나갔다.

서진은 근사한 군복을 입은 주훈 오빠의 모습을 보는 순간 손을 잡고 매달리고 싶었다. 하지만 태도를 바꾸어

"오빠! 어쩐 일이에요?

오빠! 내가 오지 말라고 했잖아요?" 하고 말했다. 주훈이

"그래! 그랬어!

하지만 서진아! 내가 어떻게 너에게 안 올 수가 있니?

그러니 서진아! 오늘 내가 너를 너무 보고 싶어 왔으니 시간을 내주어라." 하고 간청하였다.

서진은 애처로운 주훈의 눈을 바라보면서 어쩔 수 없이 알았다고 하였다.

"그럼! 여기에 기다리세요!" 하고 들어가서 편의점 주인아주머니께 연락한다고 하였다. 주훈이

"서진아! 저쪽에 차가 있어!

내가 거기에서 기다릴게!" 하고 말했다. 주훈은 기다리면서 군복을 벗어 챙겨 가방에 넣고 가져온 사복으로 갈아입었다.

얼마 후에 서진이 편의점에서 나와서 주훈이 있는 곳으로 왔다. 주훈이 차 문을 열고

"서진아? 우리 차 안에서 이야기하자." 하고 말했다. 서진이 차 안에 들어와 앉자 말했다.

"서진아! 내가 많이 보고 싶었다.

군대에서 고된 훈련을 받으면서도 하루를 빠지지 않고 너의 생각만 했어!

네가 보고 싶은데 이를 악물고 참았다!" 그러자 서진이

"나도 오빠 생각하고, 걱정도 많이 했어요.

하지만 그건 안 될 일이에요!

그리고 오빠를 잊으려고 많이 노력했어요.

이젠 많이 잊었는데 오빠는 왜 또 왔어요?

오빠! 제발 나를 놔주세요!" 하자

"서진아! 나도 그랬는데 그게 안 돼!

너를 내가 어떻게 떠날 수가 없어!

그러니 우리는 다시 만나야 해!" 서진이

"안 돼요! 오빠 오늘만이에요.

그리고 오빠는 군대에 가서 내 생각을 하지 마세요.

나는 잘 있어요."라고 했다.

"서진아? 네가 오빠 마음속이 얼마나 아픈지 들어와서 봤으면 좋겠다." 하자 서진이

"아녜요! 난 거기에 들어가지 않을 거예요!"라며 답했다. 두 사람은 서로의 애타는 눈을 바라보며 침묵하며 말을 잇지 못했다. 그러다가 시간이 조금 흐르자 주훈이

"서진아! 그런데 내가 군대에 있으면서 너를 만나서 꼭 정말 보여 줄 곳이 있어!

그러니 같이 가자!" 하며 간청했다. 서진이 주훈의 강렬한 눈빛을 보면서 마음을 정하지 못하다가

"알았어요." 하면서 고개를 끄덕였다.

서진이

"오빠! 이 차는 누구 것이어요?" 주훈이

"종혁의 차야! 내가 오늘만 빌렸어!"

주훈은 서진을 태우고 자신이 근무하는 지역에서 멀지 않은 '파도리'로 향했다. 두 사람은 차에서 서로 한동안 아무런 말이 없었다. 그러다가 주훈이

"서진아! 목이 마르면 거기 옆에 물이 있으니 마셔!" 하고 말했다. 그러자 서진이 물병에서 물을 마셨다. 그러자 주훈이

"서진아? 너도 오빠가 보고 싶었다고 말을 해 주었으면 좋겠다." 하였다. 그러자 서진이 무슨 말을 하려다가 그만두었다. 서진의 눈에서 눈물이 흐르며 글썽였다. 그러자 주훈이

"그래! 내가 그런 말을 안 들어도 좋아!

그래도 내 마음은 여전히 달라질 수가 없으니까!" 하였다. 서진이

"오빠! 이제 오늘만 나와 함께하는 거예요?" 주훈이

"그래! 우리 잠깐이라도 시원한 바다를 보면서 엉킨 마음을 풀어 보자!" 하였다.

파도리는 서산에서 좀 더 가면 서해의 바닷물이 넘나드는 작은 해변이었다. 주훈은 소나무 그늘에 차를 세웠다.

"서진아! 여기는 바다가 있는 파도리라는 곳이야!

우리 저쪽으로 걸어가자." 하며 손가락으로 가리켰다. 6월 한낮

의 햇살이 뜨겁게 비추고 있었다. 주훈은 소나무 사이의 산책로에 들어가 얼마 전 외출하여 보았던 전망이 시원하게 탁 트인 곳으로 서진을 데리고 갔다.

바닷바람이 이따금 산들산들 불어왔다. 모래사장을 지나가니 바닷가에 알록달록하며 예쁘고, 동그랗고 작은 돌들이 쭉 멀리까지 펼쳐져 있었다. 서진은 걸으면서 돌 하나를 주었다.

"오빠? 여기 돌이 참 예쁘고 귀엽네요!" 하였다. 주훈이

"마음에 들으면 주워서 몇 개 가방에 넣어!" 서진이

"그래요? 가져가도 돼요?" 하고 물었다.

"그래! 예쁘면 가져가서 나중에 싫어지면 다시 갖다 놓으면 되지!" 서진이

"예? 뭐라고요?" 하면서 '호호호' 하고 웃었다. 주훈도 서진을 바라보며 싱긋 웃었다. 두 사람은 걸으면서 전망이 좋은 곳으로 갔다. 주훈이

"내가 두 번 여기 왔는데 올 때마다 너를 만나서 꼭 보여 주고 싶었다." 하며

"내 마음이 그랬어!

시원한 바다를 보면서 걸으며 마음을 달랠 수만 있다면!" 하고 서진의 얼굴을 쳐다보았다. 그러자 서진이 얼굴을 살짝 다른 쪽으로 돌리면서

"오빠 저기를 보세요!

저쪽에 해가 떠 있는 모습이 참 멋져요!" 하고 손가락으로 가리켰다.

주훈이

"아! 그래! 멋있다." 하면서 서진의 손을 보았다. 서진이 얼른 손을 내렸다. 그러면서

"오빠는 왜? 내 손을 보아요?" 주훈이

"아니야! 오랜만에 너의 손을 보는 것 같다!" 하자 서진이

"아이 참." 하면서 킥킥 웃었다.

"오빠! 내 손을 잡아 보고 싶어요?

그럼 잡아요." 주훈이

"그럴까!" 하고 손바닥을 옷에 닦으며 가까이서 서진의 손을 잡았다.

"서진아! 오빠는 너와 함께 있으면 하늘로 날아갈 것 같아!" 하고 말했다. 서진이 주훈을 쳐다보며 빙그레 웃었다. 주훈도 서진의 얼굴을 보며 미소를 지었다. 두 사람은 손을 잡고 저편의 소나무가 보이는 곳까지 걸어갔다. 서진이 물었다.

"오빠는 내일 다시 부대로 들어가는 것인가요?" 하자

"그래! 나는 내일 저녁이면 부대로 복귀해야 해!

그러니 다시 또 너를 만날 수가 없다." 하였다. 서진이

"아녜요! 내가 말했잖아요!

오늘만 내가 오빠를 만난다고 했어요." 주훈이

"그것을 너 혼자서 결정하는 거야?" 서진은 아무 말을 하지 않았다.

두 사람은 해변을 계속해서 걸어갔다. 가끔 시원한 바람이 머릿결을 스치자 서진은 머리를 다듬었다.

해가 서쪽으로 넘어가고 있었다. 주훈이

"해가 지기 전에 너를 집에 데려다줄게!" 서진이

"그럼 그렇게 해!"

두 사람은 다시 차를 타고 서진의 집이 있는 곳으로 향했다.

오는 길을 조금 벗어나서 달리다 보니 수덕사가 있는 곳으로 왔다. 예전 같으면 벌써 해가 넘어갈 시간이지만 아직도 바깥은 훤하였다. 그러자

"서진아! 배가 고프지?

그러니 저녁을 먹고 가자!

집에 가면 시간이 많이 늦을 것 같다." 서진이

"그래! 오빠 저녁 먹고 가요!" 말하면서

"오빠는 군인이니 내가 오빠 저녁을 사 드릴게요." 하였다.

"그래. 그럴까?

그런데 오빠가 군대에서 쓸 돈을 많이 가지고 나왔어.

그러니 나도 너에게 맛있는 것을 사 주고 싶었다." 하고 말했다.

"오빠! 그래도 내가 오늘은 내가 사 드릴게요." 하자

"그래 어디가 좋을까?" 하면서 두 사람은 차에서 내려서 주위를 둘러보았다.

주훈이

"여기에서 저쪽으로 건너가면 큰 절이 있는데 스님들이 지내는 곳이야!

그 안에서 스님들은 삭발하고 지낸다." 하고 말하자 서진이

"나도 스님을 본 적이 있어요.

그런데 거기는 큰 절이니까 많은 스님이 살겠네요?" 하며 멀리 바라보았다. 주훈이

"그렇게 생각해!

안에 들어가면 아주 큰 불상이 있어!

나도 어릴 때 딱 한 번 와 봤거든!" 서진이

"스님들은 뭘 해요?" 하고 물었다.

"불상 앞에 가서 항상 염불하면서 지내!

그런데 일반 사람들도 불상 앞에서 절을 드리는 것을 봤어!

부처님 앞에 정말 진실하게 소원을 빌면 들어준다고 하니까 그

렇게 하는 거야!" 하자 서진이

"정말이에요? 소원을 빌면 들어줘요?" 하고 묻자

"하하하! 그렇다니까!" 서진도

"그래요?" 하며 '호호호' 웃었다.

"스님들은 고기를 안 먹고 채식만 하는데 그런 말 들어 봤니?" 서진이

"절의 스님은 매일 채식만을 한다는 거예요?" 하고 또 물었다.

"그래!" 하고 대답했다.

"그럼 오빠! 우리도 여기서 채식만 할까?" 그러자 주훈이

"나는 배가 고픈데 채식만 하자고?" 하니 서진이

"그럼 오빠는 먹고 싶은 것 드세요. 나는 산채비빔밥을 먹을 거야!"라고 말했다. 주훈이

"아니야! 나도 같은 것으로 먹을게!" 했다.

　두 사람은 수덕사 입구의 가까운 식당으로 들어가서 식사를 주문하였다. 그런데 주훈이 음료수를 찾다가 동동주 보았다.

"서진아! 우리 이것 한번 조금 마셔 볼까?

　나 예전에 마셔 본 적이 있는데 맛이 좋아!

　그러니 조금만 마셔 보자!" 하고 주훈이 주문하니까 갖다가 놓았다.

서진이

"오빠 괜찮겠어요?

취하면 운전 못 해요." 하였다.

"그래! 그러니 조금만 마시자!" 하며 술을 잔에 따랐다. 서진이 조금 마시고

"맛이 강하지만 향긋하고 괜찮아요." 하고 말했다. 그런데 주훈 이 술을 한 잔 마시고

"맛이 참 좋아!" 하면서 또 한 잔을 더 마셨다.

식사를 끝내고 일어서서 밖으로 나가는데 주훈이 비틀거렸다.

"큰일 났다! 운전을 못 해요! 오빠가 많이 취한 것 같아요!"

"아니야! 난 멀쩡해!

딱 한 잔만 더 마셨을 뿐이야! 괜찮아!" 하면서 차 문을 열려고 하다가 열쇠를 떨어뜨렸다. 서진은 빨리 열쇠를 주웠다. 그리고

"오빠! 안 되겠어요!

저쪽 벤치에 앉으세요.

지금 운전하면 안 돼요."

서진은 주훈을 벤치 쪽으로 데려갔다. '어떻게 해?' 하면서

"어두워지는데 오늘은 운전 못 할 것 같아요." 그러자 주훈이

"서진아! 미안하다!

술이 그렇게 빨리 취하는지 몰랐다." 서진이

"오늘은 어디서 쉬고 내일 운전해요." 하였다.

서진은 식당 안으로 들어가서 주인아저씨에게 물었다.

"아저씨! 근처에 지낼 때가 있어요?" 주인아저씨가 나와서 상황을 살피더니

"가까이 덕산 근처에 호텔이 있는데 내가 데려다드리고 내려올 때는 버스를 타고 오면 돼요." 하였다.

식당의 주인아저씨는 두 사람을 덕산 근처의 작은 호텔에 데려다주었다.

주훈이 서진에게

"오빠가 미안하다!"라고 했다.

"서진아! 내가 방을 따로 할 거야.

그러니 너는 방에 가서 오늘 푹 쉬어!

내일 아침 일찍 데려다줄게."

주훈은 서로 떨어진 다른 방을 얻어 투숙하였다. 서진은 주훈을 방에 데려다주며

"그래, 오빠 잘 쉬어!" 하고 나와서 자신의 방으로 가서 잠잘 준비를 하였다.

그런데 주훈은 서진과 다시 헤어질 생각을 하니 마음이 쓰라리고 잠이 오지 않았다. 그러다가 주훈은 1층 프런트에 가서 호텔 앞쪽에 있는 주막에 다녀온다고 하였다.

주훈은 술을 마셨다. 한 잔, 두 잔, 세 잔 연속해서 마시면서 서진을 생각하였다. 서진이가 없으면 못 살 것 같다는 생각이 들었다.

주훈이 호텔 앞으로 나가서 술을 마셨는데 많이 취해서 자정이 넘도록 들어오지 않았다. 그런데 서진의 방으로 전화가 왔다.

"함께 온 손님이 취해서 호텔에 잘 못 들어가니 데려가세요!"라고 했다. 서진이 호텔 프런트에 내려가서 알려 준 대로 주훈에게 갔다. 주훈이 탁자에 고개를 숙이고 많이 취해 있었다.

"안 돼! 오빠 멈춰요!

그만 마셔요! 안 되겠어요. 안 돼요!" 하고 말했다.

"서진아! 왜 나왔어?

나는 여기 더 있을 테니 서진아!

내 걱정은 하지 말고 너는 들어가 쉬어!

너는 들어가 잠을 자라!" 하면서 서진에게 가라고 손을 저었다. 서진이

"오빠! 들어가서 쉬어야 해요!" 하고 말하자 주막의 주인이 문을 닫아야 하니까 데려가시라고 하였다. 서진은 주훈을 부축하였다. 그리고 간신히 그곳을 빠져나왔다.

호텔로 데리고 가는 중에 주훈이 비틀거리면서 길옆의 벤치에 앉았다. 주훈이 서진의 손을 잡으며 말했다.

"서진아! 우리 헤어지지 말자. 응?

내가 어떻게 너와 헤어지니?" 갑자기 주훈의 눈에서 눈물이 주르륵 흘러내렸다. 서진은 오빠의 눈에 눈물을 보자 손수건을 꺼내 닦아 주었다. 서진도 오빠가 안쓰러워서 눈물이 났다.

"오빠! 빨리 가요!

여기 있으면 안 돼요!" 그러자 주훈이

"서진아! 우리 함께 죽어 버릴까?" 하고 말했다. 서진이

"싫어요! 왜 죽어야 해요?

난 앞으로 오빠를 잊을 수 있을 것 같아요!

아니야! 오빠를 잊을 거예요.

그리고 이제부터 오빠는 날 사랑하지 말아요.

난 벌써 오빠를 사랑하지 않으니까요!

그리고 주훈 오빠?

이제 그런 말을 계속하면 나의 마음도 아파요.

그냥 이대로 헤어져요!

그렇게 해야 해요!

오빠! 우린 헤어져야 해요!" 하고 말했다. 주훈이

"내일 내가 너의 집으로 데려다줄 거야!" 서진이

"알았어요! 알았으니까 어서 들어가요!"

다시 서진은 주훈을 붙잡아 데리고 호텔의 주훈 방으로 들어가서 앉혔다. 주훈은 점점 취기가 더하여 몸을 많이 가누지 못했다.

자신의 방으로 돌아온 서진은 오빠가 많이 걱정되어 잠을 잘 수가 없었다. 그리고 주훈 오빠가 했던 말이 떠올랐다.

　"군대에서 고된 훈련 속에서도 이를 악물며 나를 생각하며 하루도 잊은 적이 없다라고 했는데 내가 어떻게 해야 해?" 서진은 다시 주훈 오빠가 걱정되었다. 그래서 다시 주훈의 방으로 갔다. 주훈이 방바닥에서 침대를 붙잡고 몸을 뒤틀면서

　"서진아! 사랑한다."라는 말을 자꾸 반복하며 서진을 애타게 찾고 있었다. 서진은 주훈 오빠의 애타는 모습을 보고 갑자기 눈물이 주르륵 흘렀다. 그러면서 주훈이 계속 자신을 찾고 있는 모습을 보고

　"주훈 오빠! 나 여기 있어요. 나 괜찮아요!" 하고 말했다. 그런데 술에 많이 취한 주훈이 일어나서 서진에게 키스를 하였다. 서진은 주훈 오빠의 키스를 탄성으로 받아들였다.

　"서진아! 난 널 사랑해!" 하면서 주훈이 서진의 몸을 껴안았다. 서진은 오빠가 원하는 대로 해 주었다. 그리고 몸을 맡겼다.

　창가에 날이 밝아 오고 있었다. 서진은 눈을 뜨고 잠에서 일어나서 옷을 입으며 주훈 오빠의 얼굴을 보았다. 고요히 잠에 묻혀 있었다. 서진은 잠든 오빠의 얼굴을 보며 눈물이 글썽했다.

　"아! 이제 오빠 앞에서 내 눈물 보이기 싫어!

제발 눈 뜨지 마세요.

아! 빨리 여기를 나가야 해!" 서진은 눈물을 닦으며 펜을 가져다가 이렇게 종이에 썼다.

오빠! 우리는 이미 헤어진 것입니다. 예전에 벌써 약속을 했잖아요. 난 오빠를 사랑할 수가 없습니다. 아니! 우리가 헤어진 그날부터 오빠를 사랑하지 않아요. 그리고 난 계속해서 오빠를 잊을 것입니다. 그러니 나를 잊으세요! 다시는 나에게 오지 마세요. 절대로 날 찾지 마세요. 이제부터 우리는 어떤 인연으로도 다시는 만나지 말아요. 나의 모든 것을 오빠에게서 지우세요. 그리고 오빠! 죽지 말고 부디 잘 살으세요.

– 서진 –

자신의 방으로 돌아온 서진은 서둘러서 가방을 챙겨 그곳을 빠져나왔다. 서진은 교통편을 물어서 버스를 타고 집으로 왔다.

서진은 창문을 닫고 커튼을 모두 내렸다. 이불을 뒤집어쓰고 엎드려서 엉엉 소리 높여 울기 시작하였다.

한참 동안을 울었다. 마음이 너무 아프고 자꾸만 계속해서 눈물이 났다.

"어느 누군가 '사랑은 영원한 것'이라고 하였는데 내 사랑은 결코 영원하지 않아!"

다음 날 간신히 마음을 추스르고 아래층 아주머니께 갔다. 사정이 있어 집을 옮기겠다고 하였다. 그리고 이사 갈 곳을 알아보았다. 다행히도 미군들이 상당히 거주하는 지역의 '에어포스 빌리지'에 비어 있는 방이 있었다.

사흘이 안 되어서 주인아주머니에게 인사를 하고 그곳으로 이사를 했다.

그리고 며칠이 지나서 편의점에 일하는 것을 그만두었다.

에어포스 빌리지

#18
생활 속의 번민

몇 개월이 지나서 주훈은 군에서 제대했지만 서진에게 갈 수가 없었다. 이젠 어떻게든 잊어야 한다는 생각을 계속했다. 그리고 마음에 다짐했다.

"서진이도 나를 어떡하든 잊으려고 하는 거야!

서진이의 마음에서 이미 떠나 버린 나는 빈 허수아비가 된 거야!

그러니 서진에게 갈 수가 없어!

내가 지금 서진에게 가도 차갑고 서늘한 느낌을 받는 것이야!"
라고 생각을 거듭했다.

자신도 시간이 지나면 서진을 잊을 수가 있을 것이라고 여겼다.

주훈은 어머니의 권고로 미국으로 유학을 떠났다.

한편 서진은 주훈 오빠가 이미 군대를 제대했다고 생각하였지만, 나를 더 이상 붙잡으려고 하지 않고 점차로 잊을 거라는 마음을 가졌다. 때로는 혹시나 하는 마음도 가졌지만 아니 된다는 생각을 거듭하였다.

그런데 마음 어딘가에 왠지 허무하여 주훈 오빠가 그리워지며 보고 싶었다.

"그래! 참고 견뎌야 해!" 다짐하였다.

"언젠가는 잊어지겠지!

지금은 당분간 오빠의 모습이 그리울 뿐이야!

시간이 더 흐르고, 이를 악물고 잊어지기를 바라야지!

아! 그런데 잘 안 돼!

잊는다는 것이 쉽지 않아!

이제부터 다 끝난 것이야!

다른 생각에 집중하면서 살아갈 것이다."

서진은 그렇게 마음을 정리했다. 그런데 며칠이 지나서 잠이 오지가 않았다. 간신히 갖다 놓았던 맥주를 한 잔을 마셔 보았다. 그리고 눈을 감고 잠을 청해 보았다. 그리고 간신히 잠이 들었다. 다음 날도 서진은 잠이 오지 않았다.

하루 종일 집에서 지냈다. 피곤하지가 않으니 잠이 잘 올 리가 없었다. 그래서 다시 맥주 가져다 한 잔을 마셨다. 예전에 끝까지 읽지 못한 책을 꺼내서 읽어 보았다. 그런데 잡념이 떠오르고 마음의 정돈이 안 되었다. 자꾸 오빠를 떨쳐 버리겠다는 다짐은 앞서는데 잔상이 맴돌았다. 그러면 다시 주훈 오빠의 생각으로 되돌아갔다.

주훈 오빠가 군대를 제대하여도 내가 연락 못 하게 하였고, 내가 결정을 그렇게 내렸기 때문이야!

그래 맞아! 하고 마음을 닫았다.

서진은 밖에 나가서 주변을 산책했다. 그래 맞아! 잊고자 하는 마음이 있다면 일을 열심히 해야 해!

친구에게 연락을 하였다. 서진은 친구의 소개로 화장품 판매사원이 되었다.

서진이 '에어포스 빌리지'로 이사를 한 지 3주가 지나갔다. 7월 중순이 지나서 여름 날씨가 뜨겁고 무더워지고 있었다. 서진은 몸이 아파서 일을 못하고 누워 버렸다.

서진과 함께 판매 사원으로 다니는 친구가 찾아왔다. 방으로 들어온 친구는 신음하며 누워 있는 서진을 보고, 무척 놀라고 너무나 마음이 안쓰러웠다.

친구는 답답하게 닫힌 창문을 열고

"애! 서진아! 왜 이렇게 창문을 닫아 놓고 있어?" 하면서 서진에

게 가까이 다가갔다. 그때 갑자기 바람이 쌀쌀하게 휘몰아쳐서 방 안으로 들어왔다. 그러자 서진이

"아이 추워! 겨울이 오나 봐!" 하며 몸을 떨었다.

친구가

"아니! 넌 한국에 살면서 계절도 모르니?

지금 여름이 오고 있는 거야!" 그러자 서진이

"그래 맞아! 그런데 왜 이리 춥지?" 하며 담요를 걸치고 겨우 앉았다.

"서진아! 너의 마음이 얼어붙어서 그런 거야!" 하고 말하자

"그런 걸까?" 하며

"내가 요즘 왜 이렇게 정신이 없을까?" 하며 다시 일어서려다 몸을 가누지 못하고 주저앉았다. 그러자 친구가 서진을 부축하며

"이 애는! 왜 일어서려는 거야? 누워 있어!" 하자 서진이

"네가 우리 집에 왔는데 미안해! 컵을 가져오려고!" 친구가

"내가 가져올게! 가만히 있어."

서진은 가까스로 친구가 음료수를 가져와서 마셨다. 서진은 동료인 친구 덕분에 며칠 후 건강을 간신히 되찾았다.

하지만 3개월 후 서진은 회사를 그만두어야 했다. 몸이 아파서 병원에 갔는데 아이 임신을 했기 때문이다. 그 사람! 내가 사랑했던 주훈 오빠의 아이가 자라고 있는 것이다.

서진은 처음에 커다란 충격에서 당황하여 무엇을 어찌할 바를 몰랐다. 하지만 마음을 정하고 오랫동안 참고 견디면서 아이를 낳았다.

혼자서 아이를 키우기에 너무나 힘들었다. 그동안 자신이 모아 놓은 돈으로는 1년 정도를 버틸 수가 있다고 보니 걱정이 되었다. 서진은 '에어포스 빌리지'에서 아기를 돌보며 뜨거운 여름과 추운 겨울을 보내야 했다.

2001년 911 테러가 나자 '에어포스 빌리지'에 사는 많은 미군이 집을 비우고 부대로 이전해 갔다.

그래서 서진은 아이가 점점 자라남에 따라 가까이 비어 있는 더 큰 방으로 옮겼으나, 아이가 점점 커가고 생활이 어려워지자 일을 다시 나갈 수밖에 없었다.

그녀는 많은 고심 끝에 서울에 외할머니를 찾아가서 놀라움을 진정시키고, 아이에 대한 영문을 말씀드리며 보살핌을 간청했다. 생활비를 벌어야 아이를 돌볼 수 있기 때문이었다. 할머니는 손녀딸인 서진의 이야기를 듣고 너무 당혹스럽고 애석해서 뭐라고 할 말을 잃었다. 하지만 서진의 애처로운 모습을 보고 불쌍해서 어쩔 도리가 없었다.

서진은 다시 화장품 판매 사원으로 일하였다. 그리고 그녀는 생

활비를 절약하기 위해 맨 처음에 살았던 파라다이스 근처 집의 다
락방으로 다시 이사하였다. 다락방은 그녀가 그곳을 떠나기 전의
모습을 그대로 유지하고 있었다. 그런데 주인아주머니가 와서 공
사 계획 때문에 아래위층이 모두 비어 있는 상태라고 했다.

#19
꿈꾸는 그녀의 비애

서진은 아이와 함께 살 수가 없고 돌볼 수 없음이 너무 가슴 아
팠다. 하루하루 열심히 돌아다니며 일하고 할머니께 생활비를 보
내드렸다. 저녁에 집에 돌아오면 오직 아이를 생각하며 보고 싶지
만 어쩔 도리가 없었다. 그녀의 일상은 그렇게 보냈다.

하루는 일하는 시간이 비어서 홀로 쓸쓸히 옛 파라다이스 근처
에 나무들이 많은 언덕길로 들어갔다. 이곳 근린공원 숲속을 지나
면 도서관이 있다는 것을 알고 있었다.

더운 여름이라 우거진 나무들 사이의 길을 따라가다가 벤치에
서 앉아서 쉬었다. 숲속 곳곳에서 커다랗고 오래된 참나무들이 다
시 눈에 들어왔다. 고목이 다 된 굵은 나무줄기가 움푹 크게 파여

서 마치 그 속에 무엇이 있는 것 같고 무섭게 보였다.

벤치에 앉아 아이의 사진을 꺼내어 보다가 옛 생각이 떠오르기도 했다. 그때 한 젊은 부부가 아장아장 걷는 어린아이의 손을 붙잡고 올라가다가 힘들어하니 그녀 옆의 벤치에서 쉬어 가자고 했다. 엄마 품에 안긴 아이가 고사리 같은 손으로 엄마의 목을 감고 있었는데 너무 귀여웠다.

그녀는 눈에서 눈물이 핑 돌았다. 아이의 사진을 다시 보며 주훈 오빠를 생각했다. 자신도 주훈 오빠와 함께 이런 산속 오솔길에서 저렇게 해 보고 싶었다. 하지만 안 되는 일이고 그건 불가능했다. 어디에 있을지도 모르는 주훈 오빠가 나에게 연락해 주었으면 하는 생각을 하다가 행복한 앞날을 넌지시 짚어 보았다.

"이미 그 사람은 나를 잊었는데 내가 무엇을 어떻게 할 수가 있단 말인가?

잊혀진다는 것은 세상에서 가장 슬픈 일이다.

나를 잊었음이 틀림없어!

아니야! 다시 만날 수 있을지도 몰라!" 그녀는 마음이 뒤숭숭하다가 다시 아이가 보고 싶고 걱정이 되었다.

그런데 며칠이 안 되어 할머니에게서 연락이 왔다.

아이가 아프다는 것이다. 서진은 모든 일을 미루고 아이를 보기 위해서 서울 할머니 집으로 급히 갔다. 서진은 아이를 껴안고 눈시울을 적셨다. 아이가 이따금 몸이 이상하고 뜨겁게 열이 난다고 했다. 아이를 병원에 데려갔는데 크게 이상은 없다고 하며, 몸이 매우 약하다고 했다.

서진은 한동안 머물다가 다시 할머니께 아이를 맡기고 돌아왔다. 생활비를 벌어서 할머니께 드려야 했기 때문이다. 그 후에도 아이가 가끔 아파했지만 조금 지나면 회복되었다.

어느 날 서진은 아이가 걱정되어 친구와 함께 갔었던 절을 찾아 혼자서 갔다. 아이를 위해서 불공을 드리려고 간 것인데 파계승에게 이끌려 가서 봉변을 면하지 못하였다. 간신히 그곳을 정신없이 빠져나온 서진은 집에 와서 마음을 몹시 상하여 눈물을 흘리며 엉엉 울었다.

그 일 이후 그녀는 쓰러져서 꿈쩍도 못하고 자리에 누웠다. 하루가 지났는데도 그 누구도 이것을 알지 못했다. 결국 친구가 계속 연락이 안 되자 궁금하여서 찾아왔는데, 쓰러진 서진을 보고 놀라서 응급차를 급히 불러 병원으로 데려갔다. 서진은 정신이 혼미해져 거의 인사불성이 되고, 사람을 알아볼 수 없을 정도로 헛소리를 하며 먹지도 못하였다.

친구가 연락하여 외삼촌과 할머니가 왔을 때에도 서진은 그들을 잘 알아보지 못했다.

———

한 달이 거의 다 되어서 서진은 정신이 돌아왔다. 할머니와 외삼촌이 다시 병원에 왔다. 할머니는 정신이 조금 돌아온 서진을 보고 손을 잡으면서 매우 기뻐하였다. 서진의 이마를 계속 쓰다듬었다.

그런데 할머니는 서진이 사람을 잘 알아보지도 못하고, 인사불성이 되어서 계속 누워 지내는 동안에 아이가 죽었다고 하며 화장했다고 말하였다. 그러나 사실은 할머니는 서진이가 불쌍하여서 아이를 보육원에 맡기고, 새 출발하기를 바랐던 것이다.

서진은 갑자기 그 말을 듣고 너무 놀라서 몸을 부르르 떨며, 눈이 휘둥그레져서 눈물을 얼굴에 쭉 흘렸다. 할머니가 빨리 등을 쓰다듬어 주며 눈물을 닦아 주었다. 서진은 다시 또 눈물을 흘리며

"아이고! 할머니? 아! 어떻게!" 하며 몸을 가누지 못하고 얼굴을 할머니 품에 묻고 울기 시작했다.

한참 동안 시간이 지나자 서진이 아직도 눈물을 간신히 참고 있는 것을 본 할머니는 편찮은 몸을 부축받으면서 서울로 되돌아가셨다. 힘들게 멀리서 살고 있는 외삼촌이 간신히 바쁜 시간을 내어서 다시 할머니를 병원까지 데리고 왔다가 돌아간 것이다.

할머니가 떠나자 서진은 참고 있던 눈물을 마구 터뜨렸다. 서진은 병원의 외딴 곳으로 급히 뛰어나갔다. 엉엉 소리를 내어 크게 울었다. 한없이 눈물이 마구 흐르기 시작했다.

"아가야! 미안해!

내가 너에게 몹쓸 짓을 했구나!

내가 우리 아가 아파서 죽는지도 모르고.

아가야! 이 엄마를 죽어서도 원망해 다오!

아가야! 예쁜 아들아! 사랑스러운 아들아!

엄마가 보고 싶으면 하늘에서 내려다봐!" 하며

서진은 어쩔 줄을 모르고 다시 소리 내어 지칠 줄을 모르고 울었다. 서진의 눈에서 눈물이 주룩주룩 흐르며 마르지 않았다.

#20
미국에서 지내는 주훈

한편 주훈이 군대를 제대하자, 부모님이 설득하여 새천년 4월
이 되어 미국으로 유학길을 일찍 떠나게 하였다. 하지만 그곳에서
공부는 물론 생활이 제대로 되지 못했다.

주훈은 시간이 갈수록 서진을 잊지를 못하고 모습이 떠올라서
견딜 수가 없었다. 그녀를 잊고자 하여서 유학을 왔지만 그렇게
되지 못하며, 한숨을 쉬고 먼 하늘을 바라보았다.

"서진아! 네 눈빛에 나의 꿈은 산산이 부서져 흩어져 버리고, 너
의 웃음에 내 심장은 요동치고, 네가 없으면 가슴이 멍들고, 너를
만나면 얼어붙은 마음이 녹아내린다.

난 지금 너 없으면 죽을 것 같은데!

넌 날 멀리하고 난 갈 곳을 잃어버렸다.

아직 우린 끝이 아닌데, 너의 모습이 자취를 감추면 어떻게 해
야 해?

가까이 다가갈 수 없으니!

우린 그때처럼 되돌릴 수가 없으니!

서진아! 난 지금 널 원하니까 한 번만 더 만나 줄 수가 없니?"
하면서 공허하게 외쳐 보았다.

"내가 너를 조금 덜 사랑했다면 너에게 상처도 주지 않았을 것을!

아무런 미련도 없었을 것을!

지금 내 모습이 이렇게 아파 오는데!

널 아무리 잊으려 해도 더욱 생생하게 떠오르는 너의 모습에 내
가 아닌 나를 찾아냈어!

너의 모습이 나에게서 결코 잊어지지가 않아!

그래서 너를 지운다는 것은 나를 잃어버리는 것이 되어 버렸어!

서진아! 나를 많이 원망해라!

너와 함께한 그날들이 가장 나에겐 최고였어!

내 앞에 서 있는 너만 보면 나는 새가 되어서 더 이상 아무것도
원하지 않아!"

주훈은 서진의 생각만 하면 눈물이 핑 돌았다. 그리고 그대로
지내다가는 자신의 심장이 멈춰 버리는 것 같았다. 밖으로 나가서

서진아! 서진아! 하고 크게 불러보았다.

"넌 내가 아파하는 것이 보이지 않은 거니!

난 여기서 가슴이 아파서 견딜 수가 없는데 넌 어디서 무엇을 하고 있는 거니?" 하며 애절히 탄식하였다.

주훈은 그렇게 시간을 보내며 하루하루 생활을 버텨 나갔다. 어디를 가도 어떤 여자를 만나도 서진이 모습이 먼저 떠올랐다. 소개받은 여자 친구에게도 어떤 감정을 가질 수가 없었다. 별로 이야기도 나누지 않고, 곧 숙소로 돌아오고 항상 마음속에 담겨 있는 것은 오로지 그녀였다. 학교에서 강의가 끝나면 다른 사람들과 어울리지 않고, 집에 돌아와 오로지 단 하나 있는 그녀의 사진을 보았다.

주훈은 학교에서 공부가 별로 되지 않았다. 어느 날 그녀가 남기고 간 옛 편지를 꺼내서 다시 읽어 보았다.

오빠! 우리는 이미 헤어진 것입니다. 예전에 벌써 약속을 했잖아요. 난 오빠를 사랑할 수가 없습니다. 아니! 우리가 헤어진 그날부터 오빠를 사랑하지 않아요. 그리고 난 계속해서 오빠를 잊을 것입니다. 그러니 나를 잊으세요! 다시는 나에게 오지 마세요. 절대로 날 찾지 마세요. 이제부터 우리는 어떤 인연으로도 다시는 만나지 말아요.

나의 모든 것을 오빠에게서 지우세요. 그리고 오빠! 죽
지 말고 부디 잘 살으세요.

- 서진 -

그렇지만 주훈은 많은 날이 흘러간 지금에도 지우지 못하고, 그녀의 떠오르는 모습에 가슴이 쓰라리고 잊을 수가 없는 것이 상처가 되어 갔다.

어떤 날은 하루 종일 그녀의 생각에 사로잡혀 가슴이 아파 오고 눈물이 나서 울었다. 세상에서 제일 슬픈 일은 사랑하는 사람과 이별하는 것이라고 했는데 주훈이 그리하였다. 3년이 되어서 주훈은 결국 학위를 포기하고 부모님과 불화 속에서 한국으로 돌아가기로 하였다.

#21

비련의 마지막

2002년 온 국민의 뜨거운 열광 속에서 월드컵이 한창이던 날, 서진은 멀리 공원길을 벗어나 혼자서 걷고 있었다.

동네의 집집마다 TV에서는 한참 '대한민국'이라고 외치는 함성이 터져 나오고, 아파트 단지의 주차 공간에 설치된 대형 스크린 앞에는 사람들이 우글우글 모여 밤새도록 온갖 열띤 응원을 하며 지켜보고 있었다.

하지만 반대로 공원과 주변 길은 매우 한적하였다. 그녀에게는 더 이상 아무것도 귀에 들어오지 않았다. 세상을 등지고 모든 감각을 잃어버린 것 같았다.

온통 머릿속엔 오로지 아이 생각을 했다. 그러다가 또 주훈 씨

가 보고 싶었다. 곧이어 자신이 더 이상 이래서는 안 된다는 것도
생각했다.

서진은 어젯밤 잠에 못 들어 꼬박 새우고, 오늘은 술에 취해 마
음을 가누지 못하고 자신을 비틀거렸다.

그녀는 한적한 먼 길을 따라 하염없이 거슬러 올라가다가 더욱
조용한 철길로 들어섰다.

"지금 나는 그 사람이 미치게 보고 싶다.

그러나 볼 수 있는 나의 힘은 사라져 버렸다.

그 사람을 볼 면목도 없다.

누군가 어두운 절망 속에 있는 슬픔의 한 자락에서부터 희망이
다가온다고 했는데 나는 마지막 한 자락마저도 잡을 수가 없다.

그 사람이 날 사랑했는데 나는 그것을 몰랐다.

잃어버린 사랑은 어느 누구를 탓할 수 없다.

아! 그러나 버림을 당하였어도 난 지금 그 사람을 사랑한다.

나의 모든 것은 그의 사랑으로 가득 차 있다.

이대로 시간이 멈추어 주었으면 한다.

이대로 내가 없으면 좋겠다."

그러다가 그녀는 갑자기 다시 아이를 생각하면 하늘이 내려앉
는 것만 같았다.

"내 가슴의 슬픈 고동 소리는 어떻게 하여 멈춰질 수 있을까?"

그녀는 감각을 잃은 채 발걸음을 옮기며 천천히 걸어 나갔다.
깜깜한 하늘에서 별들이 어른거리고 있었다.

"아! 나는 지금 어디로 가고 있는 것인가요?

내가 가는 곳을 몰라요!

나는 당신 없이는 살 수가 없다는 것을 알게 되었어요.

하지만 나는 살아야 할 모든 이유를 잃어버렸습니다."

그녀는 어둠 속에서 한 발 한 발 걸음을 옮겼다.

"아! 태양과 달빛은 그만 비추었으면 해!

지구는 언제까지 돌아가야 하나?

모든 것이 여기서 그대로 멈추어 버렸으면!

아무것도 없는 세상으로 돌아가 버렸으면!

사랑을 잃어버리면 시간의 흐름이 무의미하고, 흐르는 시간을
느끼지 않으려면 죽음이 되는 것이야!

결국은 사랑이랑 시간은 죽음에서 끝을 내는 것이다."

그녀는 모든 것을 잃어버리고 아무것도 자신에게 존재하지 않
는 것 같았다. 뒤에서 기적 소리가 났다. 점점 가까이 들리었다.
"내 영혼 속에서 당신과 함께 보낼 수 있다면 기꺼이 당신을 맞이
하는 문을 열어 놓을 겁니다.

이 세상의 시간은 언제나 기다려 주지 않고 충분하지도 않아요!

하지만 영혼에서의 우리의 시간은 끝없이 지속할 수 있어요!

———

지금 나는 가물거리며 멀어져 가는 당신의 모습을 붙잡고 싶네요.

그러니 당신은 아직도 내가 기다리는 사람이라는 것이 변함이 없네요.

그것은 사랑하기 때문입니다."

다시 또 긴급한 기적 소리가 크게 들리었다.

#22
애련의 귀향

주훈은 부모님의 강력한 만류에도 불구하고 한국으로 돌아오자, 서진에 대한 그리움 속에 휩싸여서 곧바로 그녀가 있는 곳으로 향했다. 이미 예전에 가서 보았던 곳이 많이 바뀌었다. 그녀가 살았던 집을 찾아서 보니 헐리고 길이 나 있었다. 근처에는 그녀에 대해서 아무도 아는 사람이 없었다.

그는 카페에도 가서 보았으나 알 수가 없었다. 하루 종일 가까운 주변을 혹시나 우연히 만날까 돌아다녔다. 그렇지만 허사였다. 돌아가려다가 잠을 이루지 못할 것 같아서 주점에 들어가 술을 많이 마셨다. 밤늦게 집에 돌아와서는 부모님께 아무 말도 안 하고 곧바로 침대에 누워 버렸다.

해가 중천에 뜨고 불편한 어머니가 올라와서 밥을 먹으라고 깨웠다. 어머니께 아무런 이야기를 할 수가 없었다. 간신히 어머니를 위로하고 염려를 덜어 드렸지만 다시 자신의 방으로 와서 그녀의 사진을 보았다.

그녀의 사진을 보아야만 마음이 편해지는 것 같았다. 주훈은 다시 송탄으로 향했다. 고속버스 안에서 그녀의 사진을 몇 번이고 바라보았다. 그리고 하루 종일 시내와 쇼핑몰 주변을 찾아 헤매었으나 오늘도 찾아내지 못하고 허사였다.

여러 번을 앞에 가는 아가씨가 혹시 서진일까 다가서서 가로질러 보았지만 아니었다. 주훈은 다음 날도 또 가서 찾아보았다.

몸이 많이 지쳤으나 다음 날 주훈은 서진이랑 함께 갔던 가까운 산언덕의 그때 나무 아래에 한동안 멍하니 앉아 있었다. 마음이 아프고 가슴이 쓰라렸다.

"서진아! 어디 있니?" 하며 마음을 조아렸다. 아무리 둘러봐도 인기척이 없었다. 주훈은 소리쳐서 외쳤다.

"진아! 진아! 진아!" 들려오는 것은 메아리뿐이었다. 날이 어두워지기 시작하자 주훈은 산 아래로 내려왔다. 온종일 아무것도 먹지 않은 것 같았다. 배고 고프니 허기를 달래려고 가게에서 빵과 콜라를 사서 먹었다.

다음 날 주훈은 또 다른 곳으로 가 보려고, 시장으로 돌아가는데 안쪽 가게 앞에서 뜻밖에 모습이 많이 변한 주인아주머니를 만났다. 기억을 되살리자 마음을 걷잡지 못하여 인사하며 겨우 안부를 물었는데 그녀가 죽었다고 했다.

"아주머니! 그게 무슨 말입니까?" 그 말을 듣는 순간 주훈은 눈앞이 캄캄해지며 믿기지 않았다.

"이게 무슨 황당한 일인가요? 죽다니요?"

아주머니는 잘 모른다면서 그 아가씨가 하여간 죽었다고 했다. 그러면서 아주머니는 서진의 죽음을 매우 애석히 여기고 있었다. "경찰에서 두 번 찾아왔어요.

얼마 후에 아무런 친인척 연고자가 없어서 처리했다고 했어요." 그러면서

"나중에 경찰에서 몸이 불편한 치매에 걸린 할머니가 서울에 살고 계셔 연락했다고 하며, 아가씨 물품이 있으면 그곳으로 보내라고 했습니다." 주훈이

"예! 맞아요! 할머니가 계셨어요!" 하고 빨리 대답하였다. 그러자 아주머니가 주춤하더니

"아 참! 그런데 아가씨 방을 정리하여서 물품을 박스에 넣어 보냈는데 어린 아기랑 찍은 사진이 많이 있더라구요!" 주훈이

"아가씨 방에서 아이 사진이 나왔어요?" 하고 물었다. 아주머니가

"예! 그런데 나는 한 번도 아이를 본 적이 없어요."라고 하였다.

"하여간 할머니하고 아이하고 함께 찍은 사진이 있어요."

주훈이

"아주머니? 혹시 할머니 주소 적어 둔 것 가지고 있으세요?" 하니까

"글쎄! 내가 정신이 너무 혼미해서 어디에다가 적어 놓았는데 없어졌는지 몰라!

내가 오늘 찾아볼 테니까 내일 이때쯤 여기에 올 수 있어요?" 하고 말하였다.

집에 돌아와서 주훈은 가슴을 움켜쥐고 통곡을 했다.

"아! 이를 어쩐다 말인가?" 주훈은 슬픔에 휩싸여서 온통 하늘이 원망스러웠다. 그녀를 한 번만이라도 더 보고 싶었는데, 멍하니 머리가 마치 허공에 떠 있고 어딘가에 서진이가 있을 것 같아 도저히 믿기지 않았다.

다음 날 아주머니를 찾아서 그곳에서 기다렸다. 나이 드신 아주머니가 정신이 가물가물하다니 많이 염려되었다. 그런데 나오셨다.

"내가 어제 내내 옛날 노트에 적어 놓은 것을 간신히 찾았어요." 하면서 종이에 적은 주소를 주었다.

"고맙습니다. 아주머니 정말 고맙습니다."

주훈은 서울에서 동사무소를 찾아가 할머니 주소를 확인하고자

하였다. 세를 들어 사는 할머니는 작년에 돌아가셨다고 하며 주민
등록이 말소되었다고 하였다. 그리고 더 이상 확인해 줄 수가 없
었다. 경찰서에 가서 상담 신청을 했다. 주훈은 수소문 끝에 서진
의 외삼촌 집을 찾아갔다.

　주훈은 외삼촌으로부터 그동안 일어났던 모든 것을 알게 되었
지만, 너무나 터무니없고 믿기조차 힘들었다.

#23
눈물 속의 생사

주훈은 보육원에서 아이를 데려다가 극진히 보살폈다. 주훈의 가족은 그 아이가 너의 아들인지 검사를 했어도 확실히 믿을 수 없다고 했다. 주훈은 부모님이 못마땅한 시선으로 아이를 바라보니 함께 살 수가 없었다. 주훈은 어쩔 수 없이 가족과 별거해서 아이를 데리고 따로 살기로 하였다. 아버지는 회사의 운영을 주훈의 동생이 맡도록 하고 주훈에게는 생활비를 보내 주었다.

아이의 이름은 영서인데 건강하지 못하고 갈수록 몸이 아팠다. 주훈은 걱정이 몹시 되었다.

"아이를 어떻게 하면 좋은가?

내가 어떻게 이 아이를 잘 기를 수가 있을까?" 주훈은 하루하루

정성을 다하며 아이를 보살폈다. 그리고 아이가 조금 더 크면 "내가 너의 아빠이다!"라고 말해 주어야 한다고 여겼다. 그런데 갈수록 아이가 아프다니! 병원에 가서 의사와 상담했다. 몸이 많이 약하다 하니 주훈은 가슴이 쓰라리고 마음이 너무 아팠다.

아이는 처음에 할머니가 데리고 있었는데 세 살이 될 때 보육원에 맡겼다고 하였다. 보육원에서도 잘 지내지 못한 것 같았다. 주훈은 아이에게 사진을 보여 주면서 "엄마야!" 하고 말했다. 아이는 엄마를 잘 기억하지 못하는 것 같았다. 얼마 후에 다시 아이를 다시 병원으로 데려갔다. 의사가 말하였다. 자폐 증상이 있다고 하였다.

바람이 많이 불고 비가 내린 다음 날 봄기운이 제법 화창하여 따뜻하였다. 아침에 일어나 보니 나뭇잎이 푸릇푸릇 많이 자라났다. 말이 없는 아이에게 밥을 먹이고 주훈도 아침 식사를 하였다. 아이에게 약을 먹이고 밖으로 데리고 나가서 나무가 심어져 있는 정원으로 갔다.

땅을 정리하고자 삽, 호미와 가위를 들고서 여기저기를 둘러보았다. 제법 많이 자란 잡초들을 뽑아내며, 죽은 나무를 없애고, 다른 나무를 그곳으로 옮겨 심으려고 궁리하였다. 한참 일하고 있는데 아이가 다른 한쪽에서 양지바른 잔디에 웅크리고 앉아 꿈쩍도 하지 않았다.

주훈은 가까이 가서 보았다. 아이가 노랗게 핀 민들레를 물끄러미 계속 바라보고 있었다. 주훈은 민들레꽃을 꺾어서 아이에게 주었다. 그런데 아이가 손에 쥔 민들레꽃을 보고 빙그레 웃었다.

"이게 어찌 된 것인가?" 주훈은 아이가 웃는 모습을 처음으로 보았다.

"갑자기 아이가 어떻게 된 것인가?" 참으로 신기하기만 하였다. 아이의 웃는 모습을 보니 너무 신이 나고 힘이 솟았다.

아이가 기운이 나고 좀 더 건강해지자 다시 서진의 사진을 보여 주었다. 여전히 아이는 엄마 얼굴을 잘 기억하지 못했다.

"이 사람이 누구냐?" 하고 물어보았다. 그러자 아이는 그 사진을 붙잡으려고만 하였다. 주훈은 사진을 주었다. 하지만 영서는 도로 사진을 주훈에게 주었다.

"서진이가 있었으면 얼마나 좋을까?" 주훈은 어찌해야 할 바를 몰랐다. 아이들이 놀고 있는 곳으로 데려갔다. 아이들이 노는 모습을 지켜보며 서로 어울리도록 하였으나 잘 어울리지 못했다. 주훈은 영서에게 그네를 태워 주니 빙그레 웃었다.

주훈은 다음 날도 영서를 데리고 가서 그네를 태워 주었다. 어제 보다는 그네를 잘 탔다. 다음 날도 그네를 태웠는데 갑자기 머리를 손으로 붙잡고 아프다고 했다. 하마터면 떨어질 뻔하여 재빨리 아이를 붙잡아 내려놓았다.

주훈은 놀라서 이마에 식은땀이 났다.

'자신이 의지를 갖고 좋아하는 것을 하는 것이 가장 좋은 방법이다.'라고 생각했다.

주훈은 영서를 위해서 항상 음악을 들려주었다. 영서는 그림을 그리기 시작하면 하루 종일 먹지도 않고 그림만 그렸다. 그때는 음식과 과자를 가져다주면 그대로 그릇에 담겨 있었다. 건강이 걱정되었지만 영서에게 그림을 잘 그린다고 말하며 많이 칭찬해 주었다. 영서는 빙그레 웃었다. 그때 주훈은 음식을 함께 먹자고 하였다.

어느 날 주훈은 영서를 데리고 잔디 운동장으로 갔다. 영서가 잔디밭을 좋아해서 달리도록 하였는데, 이리저리 따라가는 모습을 보고 감동하여서 격려해 주었다. 영서가 엄마 없이 자라는 것이 누구보다 가슴이 아팠지만 주훈은 아이를 위해서 할 수 있는 것을 다하였다.

해가 지고 있었다.

"영서야! 그만하고 들어가자!

그리고 맛있는 것 먹자!" 하고 말하자 좋아했다. 저녁을 먹는데 영서는 계속 숨을 못 쉬고 헐떡였다. 재빨리 병원 응급실에 데려갔다. 날이 갈수록 아이가 잘 먹어야 하는데 그러지 못하니 걱정이 되었다. 병상에 누워 있는 아이의 이마에 손을 대어 보았다. 그

러자 영서가 자기 손을 아빠의 얼굴에 대었다. 그리고 다시 주훈의 손을 붙잡으면서

"아빠! 손을 잡고 있으면 좋아요!" 하고 말했다. 주훈은 처음으로 그 말을 듣는 순간 너무나 놀라고 기뻤다. 영서는 다시 집으로 왔다.

"어떻게 하면 아이에게 기쁨을 가져다줄 수 있을까?" 주훈은 날마다 책을 보며 치료에 도움이 되는 온갖 방법을 익히고, 아이의 마음을 동요시키는 여러 가지를 해 보았다.

"영서야!" 하면서 주훈은 자신 이마를 아이 이마에 맞대고 달래며 사랑을 담아서 꼭 껴안아 주었다.

한동안 강아지를 가져와서 놀도록 하였다. 처음에는 호기심을 갖기 시작하며 관심을 쏟았지만 어느 날부터 강아지를 싫어했다. 영서에게 서진의 사진을 계속 보여 주기도 하였다. 하지만 엄마에 대한 기억을 하지 못했다. 감정이 없고 하루 종일 장난감을 만지작거리며 이따금 창 넘어서 먼 곳만 바라보고 있었다. 영서에겐 슬픔도 기쁨도 없고 계속 먹지를 않으니 많이 걱정되었다.

다시 또 병원으로 가서 진료를 하였다. 이번엔 소아암 백혈병의 진단이 나왔다. 주훈의 가슴이 덜컹 내려앉았다. 너무나 크게 상심하여 견딜 수가 없었다. 곧이어 치료하고 전문 상담도 계속해 봤으나 합병증이 점점 심해져 간다고 하였다. 담당 의사는 살아갈

가망이 거의 없다고도 하였다.

주훈의 마음이 충격 속에서 슬픔으로 가득 찼다. 그래도 어떻게든 희망을 가져 보고자 하였다.

주훈은 무엇보다도 아이가 감정을 상실한 것이 마음이 쓰라리고 아팠다. 아이는 아무런 감정이 없다. 그저 어렴풋한 눈망울만 하고, 때로는 멀뚱멀뚱 쳐다보았다. 언젠가 누구에게서 진정한 삶의 이야기를 들었던

"마음이 아프면 결코 행복을 가져다줄 수 없다."라는 말을 되새겨 보았다. 이미 감각과 느낌을 상실해 버린 아이에게 어떤 행복감을 느끼도록 일깨워 줄 수가 없었다.

주훈은 어떻게든 기쁨을 주는 생각을 날마다 골똘히 해 보았다. "영서는 사랑을 찾고 있는 거야!

아! 내가 너를 사랑하는데 너는 내 마음을 알아주지 못하니!" 하며 눈물이 핑 돌아서 여러 번 껴안아 주었다. 그런데 영서는 조금 있다가 주훈을 밀치고 나왔다.

집으로 데려왔는데 이상하게 영서는 배고픈지 배가 불러도 먹기만 한다. 그리고 소리를 지르고 곧 누워 버린다. 먹고 나서는 기분이 좋은 것 같지 않고, 배가 부르면 기분이 좋아야 하는데 만족하는 느낌을 갖지 못한다. 그리고 못마땅하다고 나타내는 불만도 없다.

자신이 할 수 있는 것은 먹을 것을 가져다주고 약을 먹이고 목욕시켜 주고 옷을 입혀 준다. 그런데도 아이는 아무런 감정이 없고 상쾌한 느낌을 갖지 못한다. 통증이 심하고 많이 아파도 울지 않는다.

그렇지만 의사에게 데려가서 진정제를 맞은 후에는 아프지 않는데도 갑자기 이상하게 계속 소리를 지르며 한동안 울었다. 주훈은 아이를 바라보며 눈물을 글썽였다.

"아! 서진이가 있어야 하는데 도대체 서진아?

너는 어디에 있단 말이냐!

아! 서진아! 다시 돌아와라!"

주훈은 흐르는 눈물을 닦으며

"영서야! 내가 잘못했다!" 주훈은 마음이 아파서 병원의 뒤뜰로 나왔다. 그리고

"서진아! 서진아! 내가 모두 잘못했다!

나를 많이 원망해 다오!" 하면서 가슴이 아파 나오는 눈물에 어찌할 바를 모르고 그대로 주저앉았다.

하늘은 무심하기만 하였다. 영서는 며칠이 지나서 말을 하는 듯 눈을 마주치다가 서서히 눈동자가 느려지며 끝내는 눈을 뜨지 못하는 상황으로 갔다. 눈을 감고 움직이지도 못하는 몸을 일어서려다가 맞잡은 주훈의 손에 힘을 주며 무엇을 말하려고 하는데

"아빠! 가지 마!" 하는 것 같았다. 그리고 손은 놓으며 세상을 떠났다. 주훈은 슬픔에 어찌할 바를 몰랐다. 눈물을 줄줄 흘리며 통렬한 아픔이 온몸을 감쌌다.

주훈은 아이를 화장하여 서진과 함께 갔던 덕암산 자작나무 숲의 고요한 곳에 뿌렸다. 함께한 지가 2년이 안 되고 곧 6살인데 아이는 생을 끝낸 것이다.

주훈은 한참 동안 그곳에서 앉아 주위를 보며 눈물을 흘리었다. 슬픔에 싸인 채 1년이 지나갔다.

주훈의 동생은 아버지 가구 회사를 잘 운영하고 있었다. 동생이 주훈에게 전화를 걸어왔다.

"형! 이제 아이도 없고 아버지께서 걱정하시니 일해야 하지 않겠어요?

아버지를 만나 보세요!" 하였다.

주훈이 아버지를 찾아가니

"일하겠냐?"고 물었다. 그리고 결혼해야 한다고 했다.

"너의 누님들과 동생이 모두 결혼했는데 장남인 너만 아직 결혼 못 했다.

너의 어머니가 몸이 불편하시고 치매가 있어 정신이 오락가락하는데 네가 빨리 마음을 잡고 결혼을 해야 할 것이다.

너의 어머니가 너를 그토록 애지중지하게 키웠는데, 세상을 떠날 때가 멀지 않는 것 같다." 하고 말씀하셨다.

하지만 주훈은 결혼은 안 한다고 했다. 사실 주훈은 결혼에 대한 생각이 전혀 없었다.

아버지의 권유로 회사에 나가서 이것저것 업무적인 일을 맡아서 했지만 주훈은 별로 마음이 내키지 않았다.

그래서 동생에게

"나는 별로 일에 관심이 없으니 네가 내 마음을 알아주었으면 좋겠다.

아버지께는 내가 다른 직장을 얻을 때까지 말씀드리지 말라!" 하니 동생은 주훈의 심정을 많이 이해하였다.

그렇게 지내던 중 해외의 괌으로 판로 지사를 알아보기 위하여 임시적인 발령을 권유하니 주훈은 그렇게 하겠다고 하였다.

#24
다시 찾은 그녀

주훈은 괌의 힐튼호텔에 숙소를 정하고 머물렀다. 업무적인 일보다 시간이 나면 곧바로 돌아와서 휴식을 취하고, 때로는 객실의 숙소에서 나와 저만치 푸른 바다가 보이는 곳의 시원한 그늘 벤치에 앉아 있다가 어두워지면 들어갔다. 그런데 하루는 주변을 둘러보려고 숙소에서 나왔는데 호텔의 '타씨클럽'에서 뜻하지 않게 낯이 익은 어떤 아가씨가 서 있는 모습을 발견했다. 주훈은 첫눈에 그 아가씨가 서진이라는 것을 확신했다.

'세상에 이럴 수가!' 주훈은 너무 놀라고 반가워서 자신의 눈을 의심하였다. 분명히 그 아가씨는 서진이었다. 그는 아가씨에게 가까이 다가가서

"안녕?" 하고 인사를 했다.

그녀가

"누구세요?" 하며 물었다. 주훈이

"절 혹시 모르세요?" 하니

"모르는 분인데요. 실례합니다." 하고 가 버렸다.

주훈은 멍하니 있다가 '그래! 내가 실례를?' 하며 자신을 믿지 못했다. 그러다가 곧 그녀가 나간 곳으로 가서 보았지만 아무도 없었다.

'어디로 갔을까?' 주훈은 마음속에서 '내가 왜 이러니!' 하며 자신을 책망했다.

마음을 추스른 주훈은 객실 숙소로 돌아와서 눈을 의심하며 옛날 서진의 사진을 보았다.

"맞아! 바로 서진이가 지금 살아 있어!" 하며

"서진아!" 불러보았다.

"서진아! 어디에 있니?

난 다시 서진이를 만나야 해!"

주훈은 다음 날 그곳으로 가 보았다. 그러나 그것은 환상이었다. 그녀는 다시 나타나지 않았다. 다음 날도 그곳에 가 보았다. 주훈의 바로 앞에서 "실례합니다."라고 말한 그녀 잔상이 잊어지지 않았다.

주훈은 다음 날도 조마조마하며 그곳에 가 보았다. '아! 서진이를 다시 만날 수 있다면!' 하고 가슴이 마구 뛰었다. 그곳에서 혹시나 하여 오랫동안 앉아서 눈을 부릅뜨고 주시하였다.

그러나 다시는 서진이는 나타나지 않았다. 주훈은 마음이 왠지 허망하고 무엇에 홀린 것만 같았다. 잠을 잘 수가 없어 술을 한잔 마시고 잠을 청했으나 서진이의 모습이 사무치기만 하였다. 가슴이 쓰라리고 눈물이 나와 마구 엉엉 울고 싶었으나 서진의 사진을 보며 눈물을 참아 냈다.

"내가 이러면 안 되는데!

서진은 이 세상에 없어!

그런데 왜! 다시 나타난 거야?

아! 서진이가 다시 보고 싶다!"

주훈은 마음을 다시 추슬렀지만 잘되지 않았다. 오늘은 주요한 일정이 있어 양복을 입는데 자신 행동이 서툴러서 옷이 입혀지지 않았다. 주훈은 업무상으로 사람들을 만나면서 마음을 가다듬으려고 무척 애를 썼다. 숙소에 돌아오면 다시 서진이의 사진을 보고 잠을 청했다. 잠은 여전히 오지 않았다. 술은 마시고 잠을 청하는 것도 허사였다.

"내가 착각을 한 것인가?

빨리 환상에서 벗어나야 하는데 내가 무엇을 찾아 헤매고 있는 것인가?"

주훈은 서진의 사진을 책상 앞에 놓고 눈물을 흘리다가 엎드려 그대로 잠이 들었다.

6월이 되고 곰의 날씨가 더워지며 빗방울이 조금씩 떨어졌다. 주훈은 곰의 영사관을 지나가다가 현관 앞 그늘에서 쉬어 갈 생각에 그곳으로 갔다. 양쪽에서 바람이 불고 시원하였다. 그런데 한 아가씨가 이마에 땀을 손으로 닦으며 종이봉투로 얼굴에 바람을 부치면서 나왔다.

아가씨는 가느다란 모습에 물방울무늬의 스커트와 하얀 블라우스를 산뜻하게 입었는데 둥근 칼라에도 물방울무늬가 시원하였고 긴 머리가 바람에 날리고 있었다.

주훈은 그 아가씨와 거의 가까이 마주쳤다. 그녀는 서진이었다. 주훈은 자기도 모르게 눈이 휘둥그레져 환호의 기쁨 속에서

"서진아!" 하고 불렀다. 그 아가씨는 듣지 못한 것처럼 바람이 부는 곳을 향해 서 있었다.

주훈은 그 아가씨에게 더 가까이 다가갔다.

'그래! 서진이가 맞아! 그런데 나를 알아보지 못하는구나!' 주훈은 어떻게 할까 하며 좀 더 다가가서 말을 건넸다.

"아이구! 날씨가 많이 더워요! 비가 올 것 같은데요?" 그러니까

아가씨가 주훈을 쳐다보더니

"그래요! 많이 덥네요!

여기는 시원해요, 바람이 불고요."라고 했다. 주훈이

"비가 곧 올 것 같아서 쉬었다 가려고 왔는데 정말 여기는 시원하네요!

여기서 근무하세요?" 하며 물었다. 아가씨가 주훈을 힐끗 쳐다보더니 고개를 끄덕이며

"예!" 하고 대답했다. 주훈이

"일하는 사무실 안이 더운가 봐요?" 하고 말하니까

"아녜요! 오늘 에어컨이 고장이 나서 수리를 해요." 그러면서

"혹시 여기에 관광객이신가요?" 하고 주훈에게 물었다. 주훈이

"아니~~~~요!" 하고 말하자

"그래요! 그럼 곰에 사세요?" 하고 물었다. 주훈이

"아니요!" 하고 대답하자 아가씨가

"예! 그럼 뭐야? 호호호, 웃기시네요!

전 들어가 봐야 해요!" 하고 들어가려고 했다.

주훈이 아가씨가 그러하니까 '저어! 서진아!' 하고 부르려다가 그만 입에서 중단되었다.

그리고 주훈은 멋쩍게 빨리 들어가는 아가씨의 모습을 멍하니 바라볼 수밖에 없었다. '서진이었는데! 분명히 아가씨는 서진이가 맞

는데!' 하며 마음이 갈피를 잡지 못했다. 하지만 그럴 리가 없었다.

"그러니까 아가씨는 서진이가 아닌 것이 분명해!

그러니 단념해야 해!" 그런데도 주훈은 이상하게 아가씨가 서진이라는 것을 부인하고 싶지 않았다. 내가 이러면 안 되는데 하면서 다음 날 주훈의 발걸음은 다시 그곳으로 향했다. 근처에 숨어 있다가 그 아가씨가 그 자리에 나타나기를 기다렸다. 하지만 그날은 어떻게 되었는지 아가씨가 나타나지를 않았다.

할 수 없이 숙소에 돌아온 주훈은 잠이 오지 않고 그 아가씨가 보고 싶었다. 그래서 다음 날에 다시 아가씨가 있는 곳으로 갔다.

그 아가씨가 서 있었던 곳에서 발걸음을 멈추고 어찌할 바를 모르다가 주훈은 용기를 내어 영사관 안으로 들어갔다. 사무실 안쪽을 눈을 크게 뜨고 살펴보았다. 한쪽 저만치에서 무언가 열심히 컴퓨터에 기웃거리는 아가씨가 있었다. 주훈은 그 아가씨가 있는 곳으로 간신히 다가가서 인사를 했다.

"안녕하세요? 열심히 일하시네요!" 그러자 그 아가씨가 주훈을 쳐다보고

"아! 아저씨네요. 여기 무슨 볼일 있으세요?" 하며 물었다. "아 ~ 아녜요! 근처를 다시 지나가다가 현관 앞 시원한 곳에서 쉬다가 영사관 안이 궁금해서 들어와 봤어요." 하고 대답하자

"아! 그러세요. 볼 게 뭐 있어요! 저쪽이 시원해요!

의자에 앉아서 쉬었다 가세요."라고 했다.

"예! 그럴게요." 주훈은 의자에 앉아 안내 책자 하나를 집어 들었다. 그러면서 다시 그 아가씨를 살짝 쳐다보았다.

"서진이가 맞는데 아니다!" 하니 그럴 리가 없고 전혀 낯설지 않았다. 주훈은 열심히 안내 책자를 보는 척하며 다시 그 아가씨를 쳐다보았다. 다시 책자를 의미 없이 한 장씩 넘기는 시늉을 했다. 그런데 아가씨가 어느새 다가와

"뭘 그리 많이 보세요?

다른 것도 갔다 드릴까요?" 주훈은 놀라 겸연쩍고 어쩔 줄을 몰라서

"아녜요! 곧 나갈 겁니다." 하자 아가씨가

"그러면 시원한 주스 한잔 드시고 가세요." 하였다. 주훈은 그 말에 얼른 "예! 고맙습니다." 대답을 해 버렸다.

아가씨가 오렌지 주스를 가져다주고 다시 사무실 일자리로 갔다. 주훈은 천천히 주스를 마시고 자리에서 일어났다. 빈 유리컵 잔을 아가씨에게 가져다주면서

"주스 잘 마셨습니다. 고맙습니다." 그러자 아가씨가

"다른 시원한 차도 있어요.

다음에 또 들리세요." 하였다. 그러자 주훈은

"아닙니다! 주스 맛있어요." 하면서

———

"내가 맛있는 차는 다음에 사 드릴게요." 하였다. 그러자 아가씨가 빙그레 웃으며

"호호호, 그러세요?

여기서 있으면서 나에게 차를 사 주시겠다는 말은 처음이에요." 주훈이

"예? 그러세요?" 하였다.

주훈은 돌아와서 아무리 생각해도 그 아가씨는 분명히 서진이었다. 서진의 사진을 다시 한 번 보았다.

"그래! 서진이야! 왜 나를 몰라볼까?" 하면서 서진이 이름을 마음속에 불러보았다.

"서진아! 너 있는 거니?

서진아! 서진아! 서진아! 서진아!

제발 꿈속에서라도 나타나 보여 다오!

서진아! 내가 너를 너무 보고 싶다."

주훈은 며칠을 지나서 서진이를 생각하다가 영사관으로 들어갔다.

"아가씨! 일하시나 봐요?" 그러자 아가씨가

"예! 안녕하세요?" 그러자 주훈이

"지나가다가 아가씨 맛있는 차 사 드릴 수 있을까 하여 왔어요."

아가씨가 싱긋 웃으며

"아유! 아저씨도 그냥 해 본 말인데요." 주훈이

"아녜요! 꼭 차를 사 드리고 싶어서 이곳에 들린 것입니다.

오늘 퇴근 후 괜찮으세요?"

"예! 할 일은 있는데 괜찮아요!" 하였다. 주훈이

"그럼 여기에서 건너편 건물 옆쪽에 카페가 있는데 6시에 만나

요." 그 아가씨는 웃으면서

"예! 그럴게요." 하였다.

주훈은 6시가 되기 전에 미리 가서 조용하며 아늑하고 시원한

자리에 앉아서 기다리는데 가슴이 계속 두근거렸다.

시간이 흘러갔다. 그 아가씨는 나타나지 않았다. 그래도 계속

기다리며 혹시나 하여서 들어오는 입구를 열심히 쳐다보았다. 시

간이 다시 지나갔다. 4시간이 흘렀다. 카페 안에는 손님이 거의

없었다.

'어떻게 된 일이야?' 허망하고 실망감과 궁금증이 교차되어서

카페를 나왔다. 영사관 쪽으로 가 보았다. 평상시에는 밤늦게까지

불이 켜 있는 경우가 많았는데 오늘은 불이 완전히 꺼져 있었다.

주훈은 마음이 허망하고 마치 망치로 얻어맞은 것처럼 몽롱했다.

주훈은 숙소로 돌아와서 술을 마셨다.

"아! 내가 어떻게 된 거야?

아니! 그녀가 어떻게 된 거야?

내가 꿈속을 헤매는 것인가?"

술을 마시다가 지쳐서 쓰러져 잠이 들었다.

다음 날 주훈은 어제 일을 생각하며 몹시 실망하였다.

'그녀는 나하고 한 약속을 잊어버린 것인가?' 하며 골똘히 생각을 해 봐도 알 수가 없었다. 그러나 주훈은 다시 그곳에 갈 수가 없었다.

"분명히 나를 만나는 것을 싫어하는 거야!

그런데 내가 무슨 염치로 그 아가씨께 찾아간다는 말인가?"

주훈은 자신의 마음을 추스르며 그 아가씨에게 찾아가는 것을 단념하였다.

주훈은 마음을 달래면서 자기 자신이 안쓰러웠다. 자신이 그 아가씨에게 만나자고 한 것을 책망하며 '어떻게 할까?' 마음에 갈피를 잡지 못하며 며칠을 보냈다.

"빨리 환상에서 벗어나야 해!" 그런데 단념을 결정하니 갑자기 울컥해지며 자기 자신이 원망스러웠다.

며칠이 지나니 더 이상 견딜 수가 없었다.

"내가 지금 무엇을 하고 있는 것인가?

내가 무엇을 망설이고 있는 것인가?

세상에 나 같은 바보가 또 있을까?" 하며 자신이 실망스러웠다.

"아니야! 나는 환상을 보고 있는 거야!

그러니 빨리 환상에서 벗어나야 해!" 자꾸 생각을 되풀이하였지만 서진이가 보고 싶어서 참을 수가 없었다. 주훈은 용기를 내어 그 아가씨에게 찾아갔다.

영사관 안으로 들어갔다.

"아가씨! 안녕하세요?" 하고 인사를 했다. 그러자 그 아가씨가

"어머나! 아저씨 안녕하세요?" 하면서 많이 놀라워하였다.

그리고는

"지난번에 약속을 어겨서 많이 미안했어요!

가려고 했었는데 너무 일을 많이 해서 늦었어요.

피곤하고 몸이 안 좋아서 그냥 집으로 왔어요.

카페 전화가 계속해서 통화 중이고 연락처를 모르니 연락할 수가 없었어요.

요즈음에 일이 너무 많아졌어요."라고 했다.

주훈이

"아! 그랬어요?

나는 그런 줄도 모르고 많이 기다렸어요." 하자 아가씨가

"죄송해요! 내가 약속을 어겨서.

나는 다음에 곧 오실 거라고 기다렸는데 안 오시어 많이 궁금했어요." 그러자 주훈이

"그러셨나요?" 주훈은 아가씨의 그 말에 매우 기뻐하였다.

"하여간 저를 바람맞혔어요!

하지만 성함을 모르니 전화하더라도 어려웠을 거예요." 하면서

"내 이름은 주훈입니다. 정주훈입니다.

그런데 이제 차를 사 드릴 기회가 없어진 것입니까?"라고 말했다.

"아녜요! 다시 약속을 정해야지요.

그래요! 언제가 좋을까요?

점심시간에는 다른 약속이 있어요.

오늘 오후 3시 반경에 한가해요.

내가 다른 분에게 일을 맡기고 지난번 그곳으로 나갈게요." 주훈이

"이번에 정말 나오시는 거죠?" 하고 물었다.

"호호호! 그날은 정말 미안했어요!

나는 여기서 그곳까지 10분 내에는 꼭 도착해요.

그러니 10분 전에 출발할 것입니다." 주훈이

"알겠습니다." 하였다.

주훈은 그녀보다 일찍 도착해서 기다렸다. 정확히 그녀가 나타났다. 그녀가 들어와서 마주 보고 앉으며

"또 기다리셨나요?" 하고 물었다. 그러자

"아니요! 나도 조금 전에 왔습니다.

무엇을 드시고 싶으세요?" 그러자 아가씨가

"여기는 레몬, 사과 넣은 스무디가 좋아요.

한번 드셔 보시겠어요?" 주훈이

"예 그래요! 그럼 나도 그것으로 할게요." 하며 주문했다.

"내 이름을 말해 줬는데 알려 주셔야죠." 그러자

"'현수희'라고 해요."

"그래요! 이름이 산뜻하네요." 하니

"그러세요? 그런 말 처음 들어요." 하면서 미소를 지었다.

"괌에는 어떻게 오셨어요?" 하고 물었다.

주훈이

"그러고 보니 지난번 대답을 말하기가 난처했습니다.

관광객도 아니고 이곳에 사는 것도 아니고 뭐라고 할까?

나는 괌에서 사업을 구상하고자 서울에서 왔습니다.

가구 계열에서 일하거든요.

다시 서울로 이달 말이면 돌아가야 합니다.

그러니 얼마 안 남았네요.

그런데 수희 씨가 영사관에서 참 일하는 모습이 멋있어 보입니다.

옆에 누가 오는지 모르고 열심히 일을 하시더라구요!" 하며 말을 던졌다.

"호호호! 그랬나요?

처음엔 일에 익숙하지 않았는데 이제 많이 좋아졌습니다.

저는 영사관에서 일한 지 얼마 안 되었거든요!" 하자 주훈이

"그러면 괌에서 오래 살았나요?" 물으니

"아니요! 그건 아녜요."라고 했다.

"그래요! 내가 궁금하더라도 더 이상 물어보지 않겠습니다.

사실 난 아가씨를 처음 본 그때부터 다시 또 보고 싶어졌어요.

그래서 다시 보려고 그 장소에 그 시간에 가서 매일매일 기다렸는데 다시는 결코 나타나지 않았어요."

그러자 수희가 크게 '호!호!호!호!' 웃으며

"정말이에요? 농담이시죠? 거기가 어딘데요?" 하고 물었다. 주훈은

"말하면 뭐 해요!

내가 바보가 된 느낌이었는데요." 하고 대답했다.

수희가

"아이! 거기가 어딘데요?" 하며 재촉하여 물었다. 주훈이

"'타시클럽 라운지'입니다.

혹시 그곳에 간 적이 있나요?" 하였다. 수희가

"글쎄요? 아! 있다!

영사관에 처음 일하는 날 하루 예약했는데 도중에 나왔어요.

내가 거기서 자료를 받아야 하거든요!

그런데 자료가 바로 와서 나왔습니다.

그러니까 그곳에서 저를 봤어요?

나에게 말을 했어요?” 하고 물었다. 주훈이

“아! 아녜요!” 하며

“내가 그런지도 모르고 이런 미련한 맹추 같으니!” 하고 중얼거렸다. 수희가 크게 ‘호호호호’ 웃으며

“정말 바보였네요!

내가 누군지도 모르고 무작정 기다렸어요?

나에게 말을 건넸어야지요!

그러면 내가 주훈 씨를 기억했을 텐데…….

호호호! 정말 우습네요!

하지만 나를 매일매일 기다렸다니 왠지 내 마음이 좀 이상도 하네요!

나는 영사관 앞에서 아저씨를 처음 본 것 같은데?” 하며 마음을 기웃거렸다. 그러다가 돌연히

“왜 그렇게 나를 보고 싶었는지가 궁금해요.” 하고 물었다.

그녀의 갑작스런 질문에 주훈은 더 이상 할 말을 잃었다.

“아가씨가 내 인상에 많이 남아서 자꾸 보고 싶었습니다.”라고

하자 수희는 '깔깔깔' 웃으며

"아저씨는 처음 보는 참 희한한 분이시네요!

그냥 내가 그렇게 그 말씀을 넘어갈게요.

곰에는 지금 어디에 계시나요?" 주훈이

"아직도 힐튼호텔에 있습니다."라고 했다.

"계속 그곳에 계실 건가요?" 하고 물었다. 주훈이

"아! 네! 아니요!

보고 싶어서 찾았던 그 아가씨를 내 눈앞에서 이렇게 만났으니 그 호텔에 대한 미련이 이제 싹 없어져 버렸습니다." 그러자 수희가 크게 다시 '깔깔깔 호호호' 웃으며

"정말 그러셨어요?

참! 듣기에 내 마음이 민망하고 야릇하네요." 그러면서

"저는 조금 지나면 영사관을 떠나요.

그러니 또 만나기 어려울 것 같네요!"라고 말하였다.

그러자 주훈은 놀라운 표정으로 성급하게

"떠나다니요? 여기서 근무하시는 것 아녜요?" 하고 물었다. 그러자

"아녜요! 전 여기에 교류민 업무 때문에 잠깐 일 지원을 나왔어요.

일이 거의 끝났으니 돌아가야 해요."라고 했다.

"돌아가다니 어디로 간다는 말인가요?" 다시 성급히 물었다. 그

러자

"전 괌 병원에 있는 간호원이에요!

어쩌면 서울에 있는 병원으로 다시 갈지도 몰라요." 했다. 주훈이

"그러면 아가씨는 한국에 살다가 오셨나요?" 그러자

"예!" 하고 대답하였다. 주훈은 다시 호기심을 갖고 궁금하여 재빨리

"어떻게 괌 병원에서 근무하게 됐어요?" 하고 말하자

"옛날 아버지가 괌에서 비행기 사고로 돌아가셨는데 그런 연유로 괌에서 학교를 나왔어요.

그리고 서울에서 일하다가 외국계 병원에 지원했거든요." 주훈이 다시 빨리 말했다.

"그러신가요?

그러면 아가씨가 서울에 오면 연락을 주셨으면 합니다.

나도 서울에 다시 다녀와야 하니까요.

그전에 여기에 다시 오면 내가 영사관으로 전화를 드릴게요." 주훈은 연락처를 건네주었다.

그녀는 연락처 명함을 곧바로 가방 속에 넣었다. 그러면서 남은 스무디를 모두 마시며

"일이 안 끝나서 가 봐야 해요." 하자 주훈이

"그러신가요! 여기 스무디가 정말 참 상큼하고 맛있네요!" 하였

다. 수희가

"그러세요? 다행이네요!

내가 지난번 약속을 어겼으니까 사 드릴게요!" 하였다. 주훈이

"아닙니다. 먼저 약속한 대로 내가 계산할게요!

다음에 사 주세요." 하면서

"전화번호를 알려줄 수 있으세요?"라고 말하자.

"미안해요! 핸드폰이 있었는데 최근에 너무 바쁜 틈에 잃어버렸어요.

사실 핸드폰을 거의 사용하지 않아요.

그리고 여기 외국인들과는 연락하지도 않고 그들은 핸드폰을 많이 쓰지 않거든요.

하지만 한국에 돌아가면 하나 곧 구입할 생각입니다." 주훈이

"아! 그러세요?

어떻게든 연락할 수가 있으면 좋겠습니다."

주훈은 숙소에 돌아오면서 그녀가 서진이가 아니라고 여겼지만, 그녀의 모습은 꼭 서진이와 같다는 생각을 버릴 수가 없었다. 업무 보고할 내용을 정리하여 다음 날 주훈은 서울로 돌아왔다.

바쁜 일정 때문에 곰으로 가지 못하고 달이 바뀌었는데 그녀에게서 연락은 오지 않았다. 소식이 궁금하여 지내면서도 한편으로

그녀가 연락하지도 않고 나를 좋아하지도 않는다는 생각에 무안해졌다. 그리고 아가씨를 만나지 말아야 한다는 생각을 거듭하게 되었다.

한편 수희는 꼼 병원에서 일에 몰두하였다. 수희는 소개받아서 만나는 사람이 있었다. 어쩌다가 만나자고 연락이 왔다. 수희는 선뜻 마음에 두지는 않았지만 서너 번 만났지만 그 사람은 만나자고만 할 뿐 아직 자신을 좋아한다는 말을 한 번도 하지 않았다. 또 다시 만나자고 연락이 왔다. 그래서 바쁜 틈에 약속하였다.

수희는 그 사람을 만나러 가기 전에 주훈이 준 명함을 다시 보았다. 주훈에게 전화를 걸으려다 그만두었다. 그리고 그 남자가 만나자고 하는 장소로 나갔다. 함께 식사했으나 잘 지내냐 하는 등 안부 인사만 하고, 그 사람은 친구 이야기나 뉴스 이야기들을 늘어놓았다.

#25
애증의 그림자

한 달이 지나고 주훈은 영사관으로 갔다. 그녀는 거기에 없었다. 직원에게 물어서 괌의 병원으로 찾아 나섰다. 주훈이 병원을 방문하여 그녀의 부서를 알아내고 전화했다. 마침 그녀가 시간이 나서 전화를 받았다.

"정주훈이라고 합니다.

괌으로 다시 왔습니다.

그런데 내가 병원 근처에 왔네요.

지난번에 약속했던 맛있는 스무디 한잔 마시고 싶어서 전화했습니다.

만날 수가 있을까요?

잠깐이라도 만나는 시간이 있을까요?" 하고 말했다. 그녀가

"언제 돌아왔어요?

조금 후에 시간을 내서 나갈게요.

병원 로비에서 기다리세요."라고 했다.

20여 분이 지나자 그녀가 나왔다. 간호사 복장을 하고 나왔는데 그녀다운 옷맵시가 돋보였다. 그녀가 물었다.

"오랜만이네요?

정말로 스무디를 사 드려야겠네요!" 하며 미소를 지었다.

두 사람은 그녀가 좋아하는 카페로 갔다. 자리에 앉자 그녀는 그 스무디를 주문했다. 그러면서

"아저씨는 어떻게 지냈어요?" 하고 물었다. 주훈이

"업무를 많이 했습니다.

그런데 아가씨가 종종 생각이 났어요!

그리고 보고 싶었습니다!

괌 병원으로 온 것을 몰랐습니다."

그러자 그녀가

"예! 다시 왔어요.

고향에 온 것 같아요!

예전에 아는 사람들을 만나니 반가웠어요.

아저씨는 괌에 아는 사람이 없어요?" 하고 물었다. 주훈이

"예, 없어요!

업무상 만나는 사람뿐입니다.

꿈에 오면 아가씨만 생각납니다." 하고 말하자 그녀가 방긋 웃으면서

"아저씨가 그렇게 말하면 난 이해가 잘 안 될 때가 많아요.

아저씨는 몇 살이세요?" 하고 물었다. 그러자 주훈은

"내 나이 지금은 말하고 싶지 않은데요!

하지만 아가씨보다는 나이가 많아요." 하였다.

"아저씨는 내 나이를 모르시면서 어떻게 그렇게 말씀하세요?"

그러자 주훈이

"그냥 그런 것 같습니다."라고 하였다.

그녀가

"내가 나이가 많은 사람처럼 보여요?" 하고 물었다.

"아니요! 전혀 그렇지 않아요.

아가씨는 내가 보기에 훨씬 젊어 보이고 예뻐요!"라고 말하니까 그녀는 싱글벙글 웃으면서 말을 이었다.

"정말 그래요?

병원에 들어온 신참이 내가 자기 동기인 줄 알았나 봐요.

나중에 내가 많이 선배라는 것을 알고 '언니 미안해요!' 하면서 선물을 갖다 주며 사과했어요.

엊그제 졸업한 것 같은데 정말 시간이 빨리 흘러가는 것 같네요.

전 나이가 중요하지는 않아요.

나에겐 삶이란 이것저것 해 보려고 방황하면서 지내는 것보다 빨리 그런 것을 끝내고 무엇을 하고자 하면서 거기에 매달리고 몰두하여야 후회를 덜 하는 것 같아요.

그래야 나는 삶이 활발해지거든요." 하면서 주훈의 눈빛을 보았다. 그러자 주훈이

"그러세요?

그러더라도 너무 일에 집착하지 말고 주변을 돌아보며 때로는 다른 곳에서 새로운 공기도 마셔 보세요."라고 하니

"예! 그 말도 맞아요!

지금 생각하니 난 새로운 공기를 마실 곳이 어딘가 있으면 좋겠어요.

그러고 보니 내 마음이 정서가 없네요!" 하며 '호호호호' 그녀는 스스로 웃으며 쑥스러워하였다.

그러자 주훈도 '하하하하' 하고 웃으면서

"어떻게든 하고 싶은 일을 하고 보람을 느끼며 취미 생활도 함께하는 것입니다." 하고는 그녀의 옆모습을 다시 한번 쳐다보았다. 그런데

'어찌하여 서진이와 똑같은 모습을 이 아가씨가 하고 있는 것일

까?' 주훈은 자신의 눈을 의심하였다.

'내가 착각을 하는 것일까? 착각이라면 내가 이래서는 안 된다!' 하는 생각을 거듭하며 '그러니까 빨리 여기서 내 앞에 여인을 떠나가야 해! 그리고 당분간 아니! 앞으로 만나지 말아야 해!' 하고 어찌할 바를 몰라 마음을 머뭇거렸다. 그녀가 말했다.

"뭘 그렇게 생각하세요.

내가 어디가 뭐가 이상한가요?" 주훈이 얼른

"아니요! 내가 뭘 잊어버린 것이 갑자기 생각나서 그런 것 같습니다." 하니

"참! 아저씨도!

앞에 숙녀를 두고서 왜 딴생각을 하세요." 하며 주훈의 눈을 쳐다보았다. 주훈이

"아! 그런가요?

내가 멋진 아가씨 앞에서 실례했네요." 하면서 당황하며 갑자기 얼굴이 빨개졌다. 그러자 그녀가

"그러세요! 호호호!" 웃으며

"그런데 내가 그렇게 멋져 보여요?" 하며 다시 주훈의 눈을 쳐다보았다. 그러자 주훈이

"아가씨가 내 눈에는 보석같이 보입니다." 그녀가 크게 '깔깔깔' 웃었다.

"아저씨는 좀 순진해요!" 싱글벙글하며

"아저씨! 날씨가 더우니 아주 맛있는 아이스크림을 하나 더 사 드릴게요." 주훈이

"그럴까요." 하고 대답했다.

주훈도 마음이 상기되었다. 두 사람은 그곳에서 나와서 근처에 제과점으로 들어갔다. 아이스크림을 먹으면서 그녀는 주훈에게 호기심이 있어 보였다.

"아저씨? 그런데 이상해요!

그러고 보니 아저씨가 전혀 낯설지 않아요.

우리 언제 만난 적이 있어요?" 하고 물었다. 그러자 주훈은 갑자기 크게 동요되었다.

"아니요! 아마도 그렇지 않을 겁니다."라고 대답했다. 주훈은 마음속으로 더 이상 머무르지 말고 빨리 떠나야겠다고 생각했다.

주훈이

"아! 더운데 시원한 아이스크림 맛있어요.

시간이 없어 오늘 먼저 가 봐야겠어요." 그러자 그녀가

"저도 그래요!" 하고 그녀도 빨리 일어났다.

두 사람은 그곳을 나왔다. 주훈이

"다시 만날 수 있게 될까요?" 하며 그녀에게 마음에 섭섭한 듯이 넌지시 물었다. 그녀가

"글쎄요." 고개를 좌우로 흔들면서

"잘 가세요." 하였다. 주훈은 그녀가 단호하게 말하는 목소리를 듣고 아주 헤어짐 같은 느낌이 들어서 마음이 서운했다.

숙소로 돌아온 주훈은 마음이 씁쓸하기도 하고, 뭔가 가슴속에 들어가서 웅크리고 있는 것 같아 자신이 답답하기만 하였다. 주훈은 서랍 속에 서진의 사진을 꺼내 보았다.

"왜 그녀는 서진이와 똑같은 모습을 하고 있을까?" 하며 다시 한번 서진이를 그리면서 사진을 보았다. 아무래도 오늘 만난 그녀는 틀림없는 서진이었다. 그러나 혼돈에 빠진 자신을 자책하며 그녀를 만나면 안 된다는 생각을 다시금 하였다.

'모습은 똑같더라도 이야기를 나누어 보면 그녀는 서진이가 아니야! 그런데 내가 서진이 외에 누구를 만난단 말인가? 그녀를 만나는 것은 내가 서진이를 저버리는 것이야! 그리고 그녀에게 나 자신이 떳떳하지 못하고 실망을 가져다주는 것이다. 그러니 다시는 그녀를 만나지 말아야 한다.' 생각을 거듭하였다.

주훈은 그 옛날의 서진을 생각하면서 눈물이 났다. 서진이가 언덕 위 참나무 아래에서

"여기요! 여기요!" 하며 손을 흔들고 있는 모습이 눈에 선하였다.

"서진아! 도대체 어떻게 된 거야?

너는 이 세상 어디에 있는 거야?

넌 어딘가에 살아 있는 거야?

난 네가 너무 보고 싶다!" 주훈은 마음을 가눌 수가 없었다.

"그래! 이제 서진이는 이 세상에 없는 거야!"

주훈은 눈물을 닦고 책상에 엎드려서 눈을 감았다. 잠은 오지 않고 마음이 울적했다.

'이젠 나는 어떻게 살아가는 것인가? 나는 무엇을 위해 누구를 위해 살아가는 것인가?'

그러다가 돌연히 이런 생각이 떠올랐다.

'새삼 내가 누구를 전처럼 사랑할 수 있을까? 서진이를 생각하면서 그리움과 애증에 사무친 내가 다시 어느 누구에게 애정이 싹틀 수 있을까?' 주훈은 갑자기 서진이를 생각하고 죄책감을 느끼며 서진이의 삶이 허망하다는 생각도 하였다.

또 한편으로 자신의 가슴속이 고목처럼 굳어 버리고 차갑게 얼어 불이 붙지도 않고 녹아도 더 이상 싹도 나지 않을 것이라고 직감했다. 주훈은 술을 한잔 마시고 간신히 잠이 들었다.

다음 날 주훈은 한국으로 돌아갔다. 하지만 서울에 있는 동안에 주훈은 다시 수희를 떠올리며 보고 싶은 마음이 생겼다. 그러다 곧 주훈은 체념했다. 나 자신이 또 다른 그녀에게 피해나 상처를 주어서는 안 된다는 생각이 더 깊어졌다.

　"내가 그런 자격이 있는가?

　하지만 보고 싶다!

　간혹 그녀를 보는 것으로 만족하며, 옛날 서진이를 떠올리며 생각해 보는 것이라도 했으면 얼마나 좋을까?" 주훈은 마음이 걷잡을 수 없이 요동을 쳤다.

#26
기다리는 사랑과 연민

오래간만에 종혁에게서 안부 전화가 왔다. 대화를 나눈 종혁은 주훈의 사는 모습이 애처롭게 보이는 것 같았다. 그래서 연고가 있는 아가씨를 소개해 주겠다고 하였으나, 주훈은 아가씨를 거절하고 다음에 연락할 것이니 종혁과 단둘이 만나자고 약속하였다.

한 달이 지난 후에 주훈은 자신의 마음을 가다듬지 못하고 그녀를 만나기 위해서 다시 꼼으로 갔다. 망설임 속에서 주훈은 간신히 전화했는데, 그녀의 목소리가 낭랑하게

"일이 바빠요.

나갈 수도 없고 약속도 할 수 없으니 다음에 연락을 주세요!"라고 하였다. 주훈은 하는 수 없이

'기다려야 할까? 아니면 그만둘까?' 하며 또다시 망설이게 되고 많이 상심했다.

"전화를 걸지 말았어야 했는데!

만나는 것을 포기했어야 했는데!" 자신의 경솔한 마음이 후회스 럽고 자책감에 빠져 지내게 되었다.

그는 숙소에 돌아와서 자신의 몽롱한 기억을 되살리고자 서진 의 사진을 꺼내어서 얼굴을 바라보았다. 그녀가 서진이가 아님을 인정하고 싶었다.

"아! 이루어질 수 없는 것을 내가 무슨 미련을 갖고 이렇게 하고 있는 것인가?" 주훈은 수희를 잊어야 한다는 생각을 거듭하게 되 었다.

꽘에 온 지 거의 보름이 훨씬 지났는데 주훈은 출장 나온 업무 가 거의 끝나서 별로 할 일이 없었다. 그래서 이따금 가까운 가구 점을 방문하여 시장 조사를 하고 돌아왔다. 서울로 돌아갈 생각을 하니 하루하루의 삶이 생동감을 잃고 막막하게 느껴지기조차 하 였다. 그런데 이상하게도 주훈은 현수희에 대한 미련을 버릴 수가 없었다.

주훈은 용기를 내어 다시 그녀가 근무하는 병원으로 찾아갔다. 그리고 전화를 걸었다. 그런데 그녀가 전화를 받았다.

그녀가 하는 말이

"어떻게 다시 괌으로 오셨어요?" 하고 물었다. 주훈은 그녀의 질문에 당황했다.

"다시 갔다가 온 것이 아니라 계속 괌에 있었는데."라는 대답은 이상할 것 같았다. 그래서

"다시 일을 핑계 대고 괌으로 온 겁니다." 하며

"수희 씨의 모습이 시간이 흐르면 잊어질 줄 알았는데 갈수록 생생했어요!

그래서 보고 싶어서 왔어요."라고 말했다.

그러자 그녀가

"아니! 나를 보고 싶어서 다시 왔다고요?

재미있네요!" 하면서

"내가 한 시간 후에 나갈 테니까 병원 건너편 커피숍에서 기다려 주실래요?" 하였다.

"그럼은요! 물론이지요!"라고 대답한 주훈은 마음이 북받쳐서 크게 상기되었다.

그녀가 일을 마치고 그곳으로 왔다. 그녀는 시원하고 멋진 푸른색 짧은 드레스를 입고 있었다.

"오래 기다리셨나요?

한 시간이나 기다리게 해서 미안해요!" 하였다. 주훈이

"아녜요! 지난번에 비하면 이 정도는 아무것도 아니지요!"라고

대답하니 그녀가 '호호호' 웃으면서

"아! 그때 기다리신 것 그거요?

그때에는 정말 많이 미안했어요!

아이참! 그걸 또 내가 기억나도록 해 버렸네!" 하면서 당혹스런 표정을 지었다.

주훈이

"저는 괜찮아요!

이렇게 만날 수가 있으면 얼마든지 기다릴 수가 있습니다." 그러자 그녀가 하는 말이

"내가 보고 싶었어요?" 하고 물었다. 주훈이

"예! 많이 보고 싶었습니다!" 하였다. 그녀가 웃으면서

"그동안 너무 일이 바빴어요.

이제 조금 한가한 것 같아요!"라고 말했다. 그러면서 주훈이 꽘에서 그녀를 만나기 위해 오랫동안 머무르고 있었다는 것을 모르고

"그동안 어떻게 지내셨어요?" 하고 물었다. 주훈이

"꽘으로 다시 가는 날을 기다리면서 지냈습니다." 하고 대답했다. 그녀가 '호호호' 웃으면서

"꽘이 그렇게 좋아요?" 하고 물었다. 주훈이

"꽘에는 보고 싶은 아가씨가 있으니까요!" 하고 얼른 대답했다.

수희는 그 말에

"아! 그래요? 깔깔깔깔." 웃어 버렸다. 그리고는

"아이구! 말은 맞는 것 같네요!" 하면서 야릇한 표정을 지었다.

"기다리며 지냈어요?

서울에는 아가씨가 없으세요?

찾으시면 만나고 싶은 여자분이 있을 거예요." 하였다. 주훈이

"내 앞에 날마다 떠오르는 아가씨가 있는데 더 이상 무엇을 찾아 나선단 말이오?" 하고 대답하였다. 수희가 어이없다는 듯이 다시 웃으며

"참 이상하고도 어리석은 대답을 내가 그냥 믿어야 하겠네요!

오늘은 늦었으니까 내일 우리 해변으로 놀러 가요!"라고 했다. 주훈이 눈이 번쩍이며

"아니! 많이 바쁘시다면서 내일은 쉬는 날입니까?" 하자

"예! 사실 너무 바빴어요.

이제 내일은 하루 쉬려고 해요." 하며 말했다. 주훈이 그 말에 상기되어서

"정말 나에겐 기쁜 소식이네요!" 하였다.

#27
사랑의 절벽

다음 날 수희는 주훈을 데리고 괌의 해변으로 갔다. 수희는 하얀 나시 블라우스에 푸른 줄무늬가 있는 옷을 입고 나와서 산뜻하고 시원하게 보였다. 주훈이

"오늘 아주 멋있고 예쁘시네요."라고 하였다. 그러자 수희가 싱긋 웃으며

"그러세요? 고마워요!

주훈 씨 맘에 드세요?" 하였다.

"그건 물론입니다.

나에겐 수희 씨가 어디서나 언제나 예쁘고 멋있어요!" 그러자 수희가

"아유! 너무 그렇게 말하지 마세요!" 하면서

"요즘은 괌의 햇볕이 너무 뜨거워 해변에 오래 있지 못하고 숲 그늘에 있어야 해요." 주훈은 택시를 타고 수희가 가자고 하는 곳으로 갔다. 그곳은 멀리서 하얀 물결이 빛에 반사되어 너울대는 해변이었다.

두 사람은 나란히 걸으면서 해변을 보았다. 주훈이 말했다.

"나는 괌에 왔지만 이렇게 근사하고 상쾌한 산책길은 처음입니다. 이곳은 그리 뜨겁지 않고 시원하네요." 수희가

"그래요? 다행이네요!

숲 그늘이라서 그래요.

해변으로 곧바로 가는 길을 돌아서 왔어요!

저쪽에 가면 쉼터가 있어요.

거기서 쉬었다 가요!"

주훈은 수희를 따라 그곳으로 갔다. 그런데 둘러보니 색다른 풍경과 운치가 넘치는 절경이었다. 주훈이

"와! 여기 좋고 멋있습니다." 그러자 수희가 살짝 웃으면서

"그러세요? 좋아하시니 다행이어요!

난 어제 집에서 주훈 씨와 여기 오는 것에 염려를 좀 했거든요!"
그러자 주훈이

"정말 이곳 잘 왔습니다.

그리고 수희 씨랑 오니까 정말 좋아요!" 하였다. 수희가 벙글 웃으면서

"좋으시다니까 나도 기분이 좋아요!" 하였다. 그녀는 주훈을 데리고 다른 곳으로 갔다.

어떤 사람이 게시판 앞에서 안내의 글을 보고 모인 사람들에게 열심히 설명하고 있었다. 여기는 사랑의 절벽이란 곳이었다.

전설에 의하면 이곳에서 두 연인이 주변 사람 반대에 쫓겨서 머리를 서로 묶고 가파른 절벽에서 뛰어내려 깊은 바닷속으로 사라졌다는 슬프고도 아름다운 영원한 사랑에 대한 이야기였다.

수희가 눈꺼풀을 깜박이며

"때때로 여자가 되는 것은 힘이 듭니다." 하면서

"주훈 씨는 그동안 왜 결혼을 안 하셨나요?" 하고 물었다. 주훈은 답변을 할 수가 없었다. 조금 망설이다가 말했다.

"학창 시절에 사귀던 아가씨가 있었습니다.

하지만 결혼은 하지 못했습니다.

군대에 가고 나서 헤어졌습니다.

그리고 마음에 드는 아가씨를 아직까지 만나지 못했어요."

수희가 '하하하' 웃으며

"아주 오래전의 이야기군요?

누구에게나 그런 적이 있을 수 있어요.

그 아가씨는 어땠어요?" 하자 주훈이

"그 아가씨요?" 하며 말을 잇지 못했다.

"그 아가씨가 바로 앞에 있는 당신입니다."라고 말을 하려다

"아가씨처럼 착하고 예쁩니다."라고 대답했다. 수희가 '호호호'
하며 말을 받아서

"내가 그 아가씨만큼 예뻐요?" 하고 물었다. 주훈이 수희를 살
짝 쳐다보며

"더 예쁘신 것 같습니다!"라고 말했다. 수희가 다시 크게 '호호
호호' 하면서

"왠지 거짓말 같네요?" 주훈이

"아녜요? 그때 이후로 나는 어떤 아가씨를 만난 적이 없습니다.
그런데 지금 내 앞에 수희 씨가 나에겐 새롭게 눈을 뜨게 해 준
눈부신 천사입니다." 수희가 당황한 눈빛으로 다시 생긋이 웃으
면서

"나는 천사가 아니에요!" 주훈이

"아닙니다! 아가씨는 누가 뭐라 해도 나에겐 천사로 보입니다."
수희가

"정말 그러지 마세요! 하하하." 웃었다. 그러면서

"내가 그 아가씨 모습을 떠올리면 좋겠네요?" 그러자 주훈이

"그 아가씨는 이제 이 세상에 없습니다.

그리고 나도 그 아가씨가 어떻게 해서 그렇게 되었는지 잘 모릅니다." 수희가

"그래요? 안타까워요." 하고 대답했다.

주훈이

"그런데 수희 씨를 보면 참 특이해 보여요!

항상 모습이 자신감이 있고 즐겁게 보여요!

어떤 때는 거리낌이나 두려움도 모르는 갓 피어난 소녀 같아요." 그 말에 수희는

"예? 내가 그래요?" 하면서 갑자기 얼굴이 홍당무처럼 빨개졌다. 그러자 주훈이

"예! 그렇습니다. 연분홍 진달래꽃 같습니다." 하고 말하자

"정말! 아니어요!" 하면서 그녀의 얼굴이 더욱 붉어졌다.

"저는 소녀도 아니고 그렇게 순박하지도 못하니 두 가지 모두 틀렸네요!" 하고 쑥스러워하며 고개를 돌리었다. 주훈이

"아! 그런가요?

때로는 숲속의 나무 아래 마음 놓고 뛰노는 아기 사슴 같기도 해요." 그러자 수희가

"아이고! 정말 왜 그러세요.

우리 다른 데로 가요." 하였다.

조금 지나자 쉼터가 있는 누각이 나왔다. 사람들이 옹기종기 모

여서 쉬며 경치를 즐기고 있었다. 저만치 꽘의 원주민이 빨간 꽃을 담은 수레를 놓고 서서 있었다. 주훈과 수희가 그곳을 지나가려고 하니까 꽃을 뽑아서 주훈에게 내밀었다. 주훈은 어떻게 하지 못하고 꽃을 받았다. 그러자 원주민이 꽃을 아가씨의 머리에 꽂아주라고 했다.

주훈이 웃으면서 알아차리고

"수희 씨! 꽃이 예쁘지요?

잠깐만요! 내가 꽂아 볼게요." 하며 그녀의 왼쪽 머리에 꽂았다. 그녀의 검은 머리에 빨간빛이 잘 받아서 하얀 얼굴이 훤하게 돋보였다. 주훈이

"수희 씨! 정말 환하게 아름다우세요! 예뻐요!" 그러자 수희가

"정말로 예뻐요?" 하더니 얼굴이 다시 빨개졌다.

"머리에 꽃은 여기 와서 처음이어요! 고마워요!" 하며 싱글벙글하였다. 그것을 본 원주민 아주머니가 그녀 아름다운 모습에 기뻐하면서 빙그레 웃으며 주훈의 손을 가만히 잡아끌다가 수희의 손 위에 살짝 얹어 주었다. 기도하듯이 인사를 하고 웃으며 떠났다. 수희의 모습이 매우 쑥스러워하였다. 그리고는

"주훈 씨! 왼쪽에 꽂는 꽃은 미혼이래요.

그래서 손을 가져다가 올려주고 간 거예요."라고 말하자 주훈이

"그래요! 그것 참 다행이네요!

217

하여튼 더욱 예뻐 보입니다." 그러자 수희가 낄낄낄 웃으면서

"참 운이 좋으시네요!

내가 오른쪽에 꽂을까 봐 조마조마하며 염려를 많이 했다고요!"
주훈이

"아! 그래요? 하마터면 혼쭐이 날 뻔했네요." 하고 '하하하' 웃었
다. 주훈이

"점심을 사 드려야 하는데 내가 잘 몰라서.

어디로 갈까요?" 하며 물었다. 그러자 수희가

"주훈 씨의 맘에 들 식당이 있어요.

그러니 그곳으로 가요!" 했다. 주훈이

"그래요? 수희 씨도 좋아하는 곳인가요?" 하자

"나도 물론 좋아요. 그러니 따라오기만 해요!"

두 사람은 식당으로 들어갔다. 새우 요리와 스파게티를 시켜서
먹는데 수희가 맛있다고 하였다. 주훈도 똑같이 맛있게 먹고 있는
데 수희가

"우리 그냥 지나온 곳이 있어요!

아직은 내가 그곳에 가고 싶지 않아서요!

그래서 옆으로 비켜서 다른 길로 온 것입니다." 주훈이

"그게 무엇인가요?" 하고 물었다.

"사랑의 종을 치면 사랑이 영원하다는 곳이에요." 하면서 매우 쑥스러워했다. 주훈이

"그러면 우리 다시 그곳으로 가야겠네요." 하니까 수희가 '호호 호호' 웃었다.

"아녜요! 다음에요!

주훈 씨는 뭐가 그리 성급해요?" 주훈이

"나는 그것이 되게 많이 궁금합니다.

그리고 수희 씨를 지금 붙잡아서 곁에 두고 싶은 마음이 생겼습니다." 하였다. 그러자 그녀가 손을 빨리 저으면서

"아니에요!" 하며 갑자기 얼굴이 빨개졌다. 주훈이 그런 모습을 보며

"수희 씨는 마치 수줍은 천사 소녀 같아요!" 그러자 수희의 얼굴이 더욱 빨개졌다.

"내가 그렇게 보여요? 호!호!호!

전 수줍은 소녀가 아니라니까요?

우리 빨리 여기에서 나가요!" 하며 일어섰다.

그곳에서 나온 두 사람은 시원한 그늘 벤치에 앉았다.

수희가

"왜 나를 좋아하나요?

내가 어디가 좋아요?" 하며 물었다.

"좋아하는데 이유가 있어야 해요?

그냥 마구 좋습니다." 하자 수희는 어이가 없다는 듯이 '호!호! 호!호!' 하며 크게 웃었다. 그리고는

"사랑의 종을 치면 사랑이 영원할까요?" 하고 다시 물었다. 주훈이

"분명히 영원하다고 하였어요!

그러니까 믿어야지요!" 하고 말하니까 수희는 마음속에 알쏭달쏭한 표정을 지었다.

주훈이

"시간이란 본래부터 시작도 끝도 없고, 존재하지도 않는 것인데 인간들이 자기들 마음대로 편하게 만들어서 사용하는 것입니다.

인간은 만물이 변하여 가는 것을 시간으로 추정하여서 기억하려는 동물이니까요."라고 하자 수희가

"왜 시간은 시작도 없고 끝도 없나요?" 하고 물었다. 그러자 주훈이

"글쎄요! 그런데 저 우주의 어딘가는 시간이 흐르지 않는 곳도 있다고 합니다.

그렇다면 내가 수희 씨를 그곳에 데려가서 10년 동안을 넣어 두었다가 꺼내 오면 수희 씨는 10년 전 그대로의 모습으로 보이는 것입니다." 하고 말했다.

그러자 수희가

"그런데 그곳을 어떻게 가요?

아니! 날 어떻게 데려갈 것인데요?" 하고 묻자 주훈이

"이 세상에 불가능은 없다고 하는데 내가 데려갈 수 있는 길을 계속 찾아볼 겁니다." 그러자 수희가 크게 '깔깔깔' 웃으며

"정말로 날 그곳으로 데려갈 거예요?

설마 혼자 가는 것 아녜요?" 하고 반문하였다.

"아녜요! 함께 가서 내가 그 속에다가 나는 못 들어가도 수희 씨를 먼저 밀어 넣을 것입니다."라고 하자

"싫어요! 함께 들어갈 거예요!

나 혼자 있는 것은 너무 싫어요!" 하고 눈을 번쩍이며

"그래요! 그럼 함께 가요!" 하고는 그녀가 주훈의 손을 붙잡았다.

"그곳이 어딘지 모르지만 꿈속에서라도 이렇게 지금처럼 함께 갔으면 좋겠어요!" 하고 말하였다. 주훈도

"나도 그래요!

내가 오늘 밤 수희 씨 꿈을 꿀 것입니다.

그리고 손을 붙잡고 절대로 놓지 않을 것이에요!"라고 말했다.

수희가 방긋 웃으며

"내 어머니가 교회에 다니시는데 이 세상 어딘가에 아담과 이브가 태어난 곳처럼 시간이 거의 흐르지 않는 곳이 있다고 하며 지

상의 파라다이스라고 부른데요.

그곳에 들어가면 우리 몸이 변하지도 않고 다시 젊어질 수도 있대요!" 하고 말했다. 주훈이

"정말! 그래요?

그럼 내가 빨리 그곳을 찾아서 수희 씨를 꼭 데려갈 겁니다." 하며 맞장구쳤다. 그런 주훈의 말에 수희는 '호호호호! 깔깔깔깔!' 한바탕 크게 웃으며

"정말이세요?" 하고는 주훈의 말이 우스꽝스럽고 야릇하기만 했다.

그녀에겐 주훈의 말이 엉터리지만 장담하는 약속이 그래도 못마땅하지 않고 재미있고 즐거웠다. 하지만 그녀는 여전히 주훈의 정확한 마음을 이해하지는 못했다.

두 사람은 헤어져야 할 곳에 걸어서 왔다. 수희가

"주훈 씨! 오늘 즐거웠습니다.

이제 가야만 하겠네요!" 그러자 주훈이 말했다.

"수희 씨? 나는 수희 씨가 내 마음을 어떻게 받아 줄 수 있는지 모르지만 알아주었으면 해요!

나는 이제 내일 서울로 떠나요.

수희 씨가 혹시라도 서울로 오는 날을 기다리겠습니다." 수희가

말을 받아서

"그러시면 안 돼요!

날 기다리지 마세요.

그리고 건강하게 하루하루 즐겁게 지내세요!" 하였다. 주훈은

"하여간 나는 기다리겠어요.

그리고 잘 지내고 또 보세요."라고 답을 했다.

숙소로 돌아온 주훈은 그녀와 함께 있으면서 빨리 지나 버린 시간이 아쉬웠다. 그리고 그녀와 함께 지내며 몰입한 시간 속에서 행복감을 느낀 자기 자신을 의심하였다. 자신이 마치 서진이랑 만나서 함께 시간을 보내고 있었다고 여겼다.

"맞아! 그녀는 서진이야!

서진이도 처음에는 내 마음을 알아주지 않았어!

아니야! 서진이는 처음 만나는 날부터 나를 좋아하는 감정을 마음속에 지니고 있었던 거야!

그리고 나를 보고 싶어 했어!

그런데 수희는 나를 외면하려고 하는 것 같은데, 나는 왜 그녀를 붙잡고 싶을까?

그녀가 내가 바로 찾아 헤매는 서진이기 때문이야!" 하며 주훈은 자기 자신을 알 수가 없었다.

"아! 내 마음이 왜 이렇게 외로울까?

서진아! 제발 나에게 다가와 다오!" 주훈은 다시 또 서진이가 너무 보고 싶었다.

28

돌아선 갈림길

괌에서 서울로 돌아온 주훈은 한동안 일하면서도 그녀가 다시 보고 싶었다. 어머니가 서울에 계신다 했는데 혹시 서울에 오지 않을까 조바심이 났다. 한 달이 지나갔는데 그녀에게서 아무런 연락이 없었다. 연락을 기다린다고 했는데 내가 먼저 전화를 하는 것이 마음에 내키지 않았다. 그런데 갑자기 그녀의 마음이 나에게서 더 많이 멀어졌다는 생각이 들었다. 주훈은 체념했다.

"내가 무슨 자격이 있는가?

나에겐 사랑할 자격이 없다.

내가 어찌 그녀를 사랑할 수 있을까?

나 자신이 그녀를 사랑한다는 것을 인정할 수가 없어!"

스스로 자신을 의심해 보았다.

"내 앞의 그녀는 그토록 보고 싶고 찾아 헤매는 서진이가 분명한데 내가 착각하고 있는 것인가?

사실적으로는 그럴 수가 없다.

내 앞에 있는 그녀는 다른 여인이다.

이미 서진이는 이 세상에 없지 않은가!

그런데 어찌하여 서진이는 지금 내 앞에 나타나서, 아니 그곳에 그렇게 있는 것인가?

그러면 나는 서진이가 아닌 또 다른 여인을 사랑하는 것인가?"

주훈은 다시 마음을 되새겼다.

"아니야! 나는 서진이가 아닌 어느 여인도 사랑해서는 안 돼!

그러니 지금 내 앞에 나타난 저 여인을 그냥 좋아하는 것으로만 만족해야 한다!"

하지만 그녀와 있으면 마음이 편안해지고, 기쁨을 느끼는 자신의 마음을 어찌할 수가 없었다.

그녀에게서 기다려도 끝내 연락이 오지 않았다.

주훈은 기다림 속에서 많은 날을 지내다가 용기를 내어 만나기 위해 꽘 병원으로 갔다. 해야 할 업무도 있지만 그녀가 궁금하였다. 그런데 꽘에는 그녀가 없었고 어머니 생신으로 서울로 갔다고 했다. 주훈의 마음은 쓸쓸하고 혼란이 되었다. 주훈은 상심하여 그녀와 함께 스무디를 마셨던 곳으로 가서 와인을 마시며 마음을 달래었다.

한편 수희는 어머니 생신을 맞이하여 휴가를 내어 보름 동안을 한국에 머무르고 있었다. 주훈 씨를 생각하다가 너무 이상하게 집착하는 성격의 남자는 사랑이 아니라 한때의 소유욕이라고 하는 글을 예전에 어디선가 읽었던 생각이 떠올랐다. 그리고 주훈에게 전화를 하는 것을 그만두었다. 그런데 어머니가 결혼할 남자가 있으니 만나 보라고 했다.

어머니의 간청에 따라 그 남자를 만났다. 그 사람은 치과의사였고 늠름한 표정을 하고 멋지게 차려입은 모습으로 앉아 있었다. 처음으로 만난 그 사람은 그녀의 참신하고 예쁜 모습에 빠졌다. 그녀가 웃으면서 그 사람을 반기며 인사를 하자 굉장히 흐뭇해하였다. 그러더니 마치 그녀가 자기 자신과 결혼을 할 것이라는 생각을 하면서 말을 했다. 그리고 그녀가 간호사이기 때문에 자신 생활에 도움될 것이라는 것을 강조했다. 마치 당연한 듯이 말을 했다. 병원을 새로 크게 해야 하는 데 도움을 주었으면 하는 뜻을 말하였다. 수희는 아직 자신은 결혼을 생각하지도 않았는데 어처구니가 없었다. 왠지 낯설게만 느껴졌다.

얼마 후 차를 마시고 나온 그녀는 마음이 혼미해지다가 갑자기 주훈 씨를 생각하며 보고 싶어졌다.

주훈은 또다시 그녀의 서울 연락처를 알지 못하고 한국으로 왔다.

"나는 도대체 어디로 가야 하는가?" 주훈은 그녀에 대한 자신이 떳떳하지 않은 것 같아서 죄책감을 느꼈다.

"그녀도 나의 마음을 알아주지 않고 외면하지 않는가?" 주훈은 마음이 아프고 쓸쓸하기만 했다. 그녀가 없는 세상을 살아간다는 것이 허망하고, 잊고 새 출발을 하려 하니 눈물이 났다. 하루하루의 삶이 한숨만 나오고 몸이 지치고 아파 왔다. 그러면서 주훈은 병원에 입원했다.

배가 몹시 아프고 어지러워서 일할 수가 없었다. 급성 위염과 정신적 탈진 증세라고 했다.

주훈은 병원에 누워 있는 동안 마음을 정했다. 모든 것을 그만 두기로 하였다.

그런데 핸드폰에 그녀의 전화번호가 떴다. 전화는 오지 않고 메시지가 온 것이다. 아마도 핸드폰을 구입한 것 같았다. 그래서 아는 사람들에게 연락처를 알려 주는 것 같았다. 주훈은 그녀에게 전화하지 않았다. 며칠이 지났는데 전화가 왔다.

"주훈 씨! 왜? 전화하지 않으세요?

바쁘신가요?

만나고자 전화를 드린 겁니다." 주훈이

"그래요? 목소리를 들으니 반갑습니다.

그런데 전화를 드릴 수가 없었습니다." 하였다. 그러자 수희가

"왜요? 지금 난 서울에 있어요!

내가 주훈 씨 있는 근처로 지금 갈게요!

어디에 있는 건가요?

난 내일 괌으로 떠납니다." 주훈은 그 말을 듣고 정신이 번쩍 들었다.

"아! 그러세요. 민망하지만 난 지금 병원에 있습니다." 그랬더니

"아니? 뭐예요? 어떻게요?" 하면서 병원 이름을 물었다.

수희는 병원으로 왔다. 병원에 온 그녀는 주사기를 꼽고 누워 있는 주훈을 보고 많이 놀랐다. 그러면서

"어떻게 된 거예요?

건강하시던 분이요." 하고 물었다. 주훈은 뭐라고 말을 할 수가 없었다. 그래서

"아닙니다! 내가 많이 피곤했나 봐요!"라고 했다. 그녀가 주훈의 이마를 짚어 보았다.

"열이 많이 있으시네요.

병원에 입원해서 나에게 전화하지 않으신 건가요?" 하고 물었다. 주훈은 다시 뭐라고 말을 할 수가 없었다. 그러면서 그녀를 쳐다보며 눈물이 핑 돌았지만 고개를 살짝 돌렸다.

"병원에 온 것 고마워요!

나 이제 수희 씨를 보았으니 금방 나을 겁니다."라고 하였다. 그러자 수희가 미소를 지으며

"아니? 그럼 나 때문에 병이 나신 건가요?" 하고 반문하였다. 주훈도 웃으며

"예! 그렇다고 말할 수밖에 없네요!" 하였다. 수희가 다시 웃으면서

"나를 기다리지 말라고 말씀드렸는데!

속을 상하게 해서 미안해요!" 그러자 주훈이

"내일 떠나신다고요?" 하고 물었다. 그녀가

"어떻게 해요?

내가 일찍 전화를 했어야 했는데!

나중에 꼭으로 오시면 연락을 주세요." 하였다. 주훈이

"아니요! 가지 않으려고 합니다.

내가 수희 씨를 어지럽게 하고 싶지 않아요!

모든 것이 나 자신 때문에 이렇게 된 겁니다.

내 마음을 정리하고 싶습니다.

수희 씨가 보고 싶더라도 참고 견뎌야지요.

그리고 내가 수희 씨를 만나지 말아야 해요!" 하였다. 그러자 수희가

"주훈 씨! 안 돼요!

나는 주훈 씨가 보고 싶어요!

그러니까 쾌유를 빌게요!

그러니까 꿈에 오세요!" 하였다. 주훈이

"나는 내 마음을 붙잡지 못할 때가 있어요.

지금 내 심정이 그러합니다.

하여간 와 주셔서 고마워요!" 하였다.

그녀는 내일 아침 일찍 떠나기 때문에 어머니에게 다시 가 봐야
한다고 했다.

29

곰의 가구점

한 달이 거의 지나갈 무렵 주훈은 결국 그녀 대한 생각을 떨쳐 버릴 수가 없었다. 다시 곰으로 가며 업무도 있지만 그녀를 찾아 가며 전화했다. 시장 조사를 나왔는데, 내가 곰의 가구점이 있는 곳을 잘 모르니 편리할 때 시간을 내어서 함께 갈 수 있냐고 했다. 그녀가 주훈의 목소리를 듣고 반기면서

"이제 몸이 다 나은 거예요?" 하고 물었다. 주훈이

"예! 이제 괜찮습니다.

그러니까 여기에 온 것이어요.

걱정해 주어서 고맙습니다."라고 말하니 수희가 시간이 바쁘다 고 하여 내일 오후 일찍 만나는 약속을 하였다.

주훈은 마음이 흐뭇하여 차를 렌트하여 가져갔다. 그녀가 주훈의 모습을 보고 기뻐하면서

"차를 가져오셨어요?" 하고 물었다.

"예! 수희 씨의 호의에 고맙고 편하게 해 드리고 싶어서요." 하면서

"한 번 더 괌 가구점 판로를 시장 조사 나왔습니다.

괌에서는 가구들이 제법 가격이 높이 나간다고 하고 우리나라 한인들이 상당히 거주하는 곳의 취향도 알고 싶어요.

그러니 아는 곳이 있으면 어떠한지 한번 둘러보고 싶습니다."라고 말했다. 그녀가

"글쎄요! 그런가요?

내가 예전에 한 번 가 본 곳이 있는데 아직도 가구점이 있는지 궁금하네요."라고 했다.

그녀는 주훈을 데리고 갔다. 주훈이 운전하는 동안 내내 그녀는 옆에서 가는 방향과 길을 안내하였다. 가구점은 아직도 거기에 있었다. 그녀는 주훈을 데리고 가구점 안으로 들어갔는데 진열이 상당히 아담하게 잘 갖추어져 있었다. 여기저기 빨리 둘러보고 밋밋하게 보이는 식탁을 두드리며 만져 보았다. 그러자 주인이

"이것은 자작나무로 만든 것입니다." 하였다. 주훈은 빨리 손을

떼고 멍하니 식탁을 바라보았다. 그러면서 말을 잇지 못하고 그대로 서 있었다. 그녀가

"이 식탁이 어떠하세요?" 하고 물었다. 주훈이 아무런 말이 없자

"내가 보기엔 편리하고 단조하지만 가격이 높은 것 같아요!" 그제서야 주훈은 말을 했다.

"예! 그렇죠.

여기 사람들이 좋아한다면 상품의 가치가 있다는 것입니다." 그러면서 주훈은 서진이와 자작나무의 숲에 함께 있었던 것이 마구 떠올랐다. 그래서 빨리 다른 곳으로 가려고 하다가 주인에게 말했다.

"가구점이 상당히 아늑하네요.

이 식탁 잘 팔립니까?" 주인이

"예! 가끔이요.

식탁은 자작나무를 좋아한 사람들이 잘 가져갑니다." 주훈이

"예, 그래요! 자작나무가 귀중한 재료니까요!" 하며 조금 둘러보다가

"예! 잘 보았습니다." 말하고 곧바로 거기에서 나왔다.

서로 나란히 주차한 차를 향해 걸어가면서 그녀가 말했다.

"자작나무가 귀중합니까?

난 잘 몰라요.

자작나무가 무엇인가요?" 주훈이

"아! 예! 그런가요?

산이나 들에서 자라는 모습도 멋지고 특질도 좋은 나무입니다.

우리나라에서도 자라고 있지만 재료가 될 만한 좋은 자작나무를 아직 구할 수가 없어요." 하고 주훈은 더 이상 설명하지 않았다. 그녀가

"저도 한번 자작나무를 보고 싶어요." 그러자 주훈이

"괌에는 자작나무가 자라지 않을 거예요.

그러니 궁금해도 어쩔 수가 없네요.

아마도 볼 기회가 있을 것입니다."

두 사람은 차 안으로 들어왔다. 주훈은 출발하지 못하고 마음속에서 서진이를 떠올렸다. 마음을 가다듬지 못했다. 그러다가

'아! 그래! 그렇지! 서진은 지금 내 옆에 있지 않은가? 아니야! 서진이라고 볼 수는 없어? 내 마음이 왜 이럴까?' 하면서 차 안에서 그녀의 손을 잡아 보고 싶었다. 그래서 손을 그녀에게 가까이 하려다가 아차! 하면서 그만두었다. 그러자 수희가 주훈을 쳐다보며 방긋 웃었다. 주훈이

"오늘 고마웠습니다."라고 하자 수희가

"언제 떠나시나요?" 하며 아쉬운 듯 물어보았다.

"내일은 내가 좀 더 돌아보고 모레 떠납니다." 하자 그녀가

"잘 들어가세요!" 하였다.

숙소로 돌아온 주훈은 마음을 가다듬지를 못하고 아쉬웠다. 다시 그녀를 보고 싶었다. 그러다가 먼 옛날 부락산을 넘어 덕암산으로 들어갔을 때 보았던 자작나무 숲이 떠올랐다. 서진의 목소리가 들려왔다.

"오빠! 여기에 있는 나무들을 좀 봐!

나무들이 이상하게 특이해요!

왜 이렇게 줄기가 요즘 하얗게 빛을 내고 있는 거야?" 하자 주훈이

"가끔 빛을 내는 것이 아니라 본래 나무가 그렇게 자라는 거야!

이 나무들은 자작나무라고 해!"

"자작나무요?

처음 들어 보는 나무네!

이름이 조금 웃기고 기이해요!" 그러다가 주훈은 그때의 회상을 멈추었다.

주훈은 컴퓨터에서 자작나무 숲의 사진을 찾아보았다. 다음 날 사진관을 찾아가서 예쁘고 아주 조그만 액자에 사진을 담아 넣었다. 그날 업무 일을 간단히 마치고 늦은 오후 주훈은 그녀에게 전화했다. 그러자 수희가 전화를 받았다.

"수희 씨! 내가 떠나기 전에 한 번 더 모습을 보고 싶어서 전화를 드렸습니다.

그러니 잠깐이라도 나올 수 있을까요?" 수희가

"내일 떠나신다고 하지 않았어요?" 하고 물었다. 주훈이

"예! 그런데 갑자기 수희 씨가 지금 더 많이 보고 싶어졌습니다.

그래서 떠나기가 아쉬워 용기를 내어서 전화한 것입니다." 그러자 수희의 '호호호' 하는 웃음이 핸드폰에서 들려왔다.

"아니! 뭐가 그리 성급해요?

다음에 오시면 연락을 주시면 되는데요." 그러자 주훈이

"나는 지금 다시 또 수희 씨를 보려고 더 많은 시간을 기다릴 수가 없습니다.

그러니 잠깐이라도 보고 싶습니다." 하였다. 수희가

"동료들과 다른 약속이 있어요.

그렇지만 일 끝나면 잠깐 나갈게요.

지난번의 병원 앞 카페에서 기다리세요!" 하였다.

얼마 안 있어서 그녀가 나타났다. 주훈이 일어서서 반기며 자리를 잡아 주었다. 그리고는 시원한 음료를 시켰다.

"수희 씨! 어쩔 수가 없었습니다.

떠나면 언제 올지는 아직 몰라요!

그러니 수희 씨를 한 번 더 보고 싶었습니다." 그러자 수희가

"언제 올지 모른다고요?

조만간 다시 오실 줄 알았는데!

나도 아쉬워요!" 하였다. 그러자 주훈이

"그래요! 그리고 또 한 가지 지금 나는 마지막이라 생각하며 나자신을 확인하고 싶어서 왔어요." 하며 숨을 크게 쉬면서 수희의 얼굴을 바라보았다.

그러자 수희는 주훈의 모습을 넌지시 보며

"무엇을 확인하고 싶으세요?" 하고 물었다.

"내가 수희 씨에게 어떤 사람인가를 말하고 싶어요!

내 마음이 앞으로 수희 씨 없이는 살 수가 없을 것 같습니다.

수희 씨를 사랑합니다.

그러니 나와 결혼해 주겠어요?" 하였다. 그러자 수희가 크게 놀라면서

"아니! 뭐예요?

지금 청혼하시는 거예요?" 주훈이

"예! 진정으로 사랑합니다." 하였다. 그러자 수희가 주훈을 바라보며 크게 '깔깔깔' 웃으면서

"아유! 참! 그 말이 진정이세요?

그건 안 될 일이에요!

지금은 그렇게 말하여도 시간이 지나면 언젠가는 그 말을 잊게

되고, 마음도 변하게 될 거예요." 하며

"결혼하면 안 될 일이죠!

나중에 주훈 씨가 결국 날 싫어하는 것을 볼 수가 없어요." 하자 주훈이 애절한 눈빛으로

"나중을 걱정한다고 말하는 것은 이유가 안 돼요!

내가 바라는 것은 수희 씨가 나와 결혼해 줄 건지 지금 알고 싶은 거예요!" 수희는 주훈의 진정 어린 모습을 보면서 갑자기 눈물이 핑 돌았다.

"진정으로 날 원하신다면 주훈 씨를 위해 뭐든지 할 수 있어요!" 하였다.

주훈이

"그래요? 그러면 내 마음이 결정됐어요!" 하면서 자작나무 숲이 담긴 조그만 사진 액자를 꺼내서 그녀에게 주었다.

"내가 보고 싶으면 여기에 하얀 자작나무를 보세요!

아마도 이 자작나무에서 무엇을 찾을 수 있을 거예요!" 하였다. 수희가

"정말 이게 자작나무예요?

나무가 하얗고 귀여워요!" 하며 신기한 듯이 여러 번 바라보았다. 주훈이

"수희 씨! 내가 떠나면 수희 씨를 잃을까 봐 그것을 드리는 겁니

다." 수희가

"예! 그렇게 할게요!

정말 좋은 자작나무인 것 같아요!" 주훈이

"내가 가는 데까지 바래다드리겠습니다."

두 사람은 카페를 나왔다. 걸으면서 수희는 주훈의 옆으로 다가
와 얼굴을 바라보더니 손을 잡아 주었다.

#30
불타는 여심

    주훈이 서울로 떠난 후 수희는 평상시처럼 반복되는 일과 업무를 하고 있었다. 한동안 바쁘게 하루가 지나갈 때도 있었지만 한가한 경우도 있었다. 어떨 땐 무료하게 하루를 보내기도 하였다. 그런데 날들이 계속 지남에 따라 아무래도 자신이 무엇을 잃어버린 것처럼 마음이 멍 뚫리고 허전하였다. 그러다가 그녀는 주훈 씨를 생각하였다. 그 사람이 나를 무척 좋아하는데 자신이 무엇을 잘못하고 있는 것 같다는 느낌을 가졌다. 그녀는

    "내가 왜? 이러고 있는가!" 하며 자신의 마음을 지탱하는 것이 혼란스러웠다.

    "내가 이럴 땐 그 사람이 나에게 왔으면 얼마나 좋을까!" 하며

넌지시 그 사람의 얼굴을 떠올려 보았다.

"그 사람이 나에게 왔으면 외로운 마음을 달랠 수가 있을 텐데!

왜 그 사람은 소식이 없지?" 하며 하루를 보냈다. 그러다가 그녀는 다시 또 그 사람이 보고 싶었다.

"아니! 내가 이러면 안 되는 거야!

내 마음이 왜 이럴까?"

어떤 때는 일하다가도 그 사람의 모습이 떠올라서 잠시 다른 곳으로 가서 앉았다가 돌아왔다. 그녀는 날마다 집으로 돌아와서도 마음이 몹시 허전하였다. 그녀는 갑자기 책상 위 벽에 걸린 자작나무 사진을 보았다. 나무가 야릇하고 멋져 보였다. 자작나무 숲속은 양 떼가 뛰어 노는 곳처럼 한가롭고 편안하였다. 그녀는 자작나무 숲 사진을 가슴에 안고 잠이 들었다.

아침에 일어나니 마음이 홀가분하였다. 그런데 출근하여 일할 때면 그 사람의 모습이 다시 떠올랐다. 일을 제대로 할 수가 없었다. 이래서는 안 되는데 뭔가 홀린 기분이 들었다. 집에 돌아와서도 그녀는 자작나무 사진만 바라보았다. 식사할 때도 자작나무 사진을 보아야 마음이 편하고, 음식을 먹고 싶은 마음이 생겼다. 그녀는 마음이 불안할 때 자작나무 사진을 보면 편안해졌다.

벌써 한 달이 훨씬 지나갔는데 아무런 소식이 없으니 원망스럽기도 하고

"이제 그 사람이 나를 떠나가려고 하는 것일까?

아니야! 그건 아니야!" 하며 의심하는 자신을 자책하였다. 그녀는 혼자서 지새우는 밤에 보고 싶은 주훈 씨의 얼굴을 떠올려 보았다. 그리고 함께 거닐 때 모습이 생각났다.

"내가 이러고 지내는데 그 사람은 무엇을 하고 있을까?" 하며 마음이 우울해졌다.

"언제 다시 곰으로 오실까?" 하며 전화를 걸으려다 그만두었다.

"아니야! 내가 먼저 전화 걸을 수 없어!

그리고 전화를 걸어도 그 사람이 올 수 없다고 하면 어떻게 해?

내가 그 사람 앞에 마음이 약해졌을까?"

그녀는 기다림 속에 주훈 씨가 보고 싶어서 애가 탔다. 그녀는 주훈 씨 이름을 몇 번이고 불러보았다. 그녀는 도저히 참을 수가 없었다.

"도대체 왜 전화도 주지 않고 오지도 않는 거지?" 그녀는 자작나무 사진을 품에 안았다. 그리고 다시 보면서 인터넷에서 자작나무의 글귀를 조사해 보았다. 자작나무의 꽃말이 '당신을 기다립니다.'이었다. 그녀는 너무나 감격하였다.

"세상에 이럴 수가!

아! 주훈 씨는 나를 기다리고 있는 거야!

내가 그것도 모르고 이러고 있다니!

내가 이를 어떻게 해!

내가 그 사람을 좋아하면서 바보같이 왜 이러고 지내는 거야?"

그녀는 즉시 전화를 하려고 했다. 그런데 심장이 두근두근하며 마구 뛰었다. 이제까지 자신에게 이런 감정을 느낀 적이 없었다.

"주훈 씨! 그동안 잘 지냈어요?

그동안에 소식이 없어서 보고 싶어서 전화 드렸어요!" 그러자 주훈이

"나는 수희 씨가 너무나 보고 싶었어요!

날마다 전화 오기만을 기다리고 있었습니다." 수희가

"정말요? 정말 그랬어요?" 하고 물으면서 눈에 눈물이 글썽였다.

"아! 보고 싶었다니 다행이네요!" 하며 목메인 목소리로 말하였다. 그러자 주훈이

"내가 수희 씨 보고 싶어도 얼마나 참았는지 아세요?" 수희가

"참는 게 어디 있어요?

그냥 곧바로 오시면 되는 거죠!" 주훈이

"맞아요! 이제 곧바로 달려가겠습니다.

가는 동안 기다려 줄 수 있어요?" 하고 물었다.

"그럼요! 내가 주훈 씨를 사랑하나 봐요! 어서 오세요!" 하며 전화를 끊었다. 그렇게 말을 한 수희는 몸이 훨훨 달아올랐다. 그리고 마음이 날아갈 것 같았다.

"세상에! 내가 이런 마음과 느낌은 처음이야!" 그녀의 마음에 누 군가를 사랑하는 것이 이렇게까지 고통과 기쁨인 줄은 예전엔 상 상할 수가 없었다.

다음 날 주훈이 왔다. 그런데 수희는 주훈이 오기를 손꼽아 기 다렸으나 그렇게 빨리 올 줄을 몰랐다. 주훈의 전화를 받고 수희 는 예전에 그 카페로 갔다. 수희는 주훈이 들어오는 모습을 보고 기뻐서 손을 흔들었다. 주훈은 감청색 여름 양복을 입고 있었는데 모습이 크고 훤칠하니 근사해 보였다. 수희도 시원하게 돋보이는 옷을 입고 있었다. 그녀는 주훈에게

"어머! 이렇게 빨리 올 줄 몰랐어요!

나는 내일쯤 올 줄을 알았거든요!" 그러자 주훈이

"내 가슴이 머뭇거리는 것을 허락하지 않아요!

쏜살같이 왔습니다." 그러자 수희가

"그럼 이번에는 업무차 온 것이 아니에요?" 하고 물었다. 주훈 이 머리를 난감하게 만지면서

"사실 난 허락도 받지 않고 왔습니다.

그냥 꼼으로 간다고 말만 남겼거든요!" 그러자 그녀가

"아니! 어쩌려구요?" 하며 놀란 표정을 지었다. 주훈이

"너무 그러지 말아요! 내일 일찍 돌아갈 거예요!" 하였다. 그녀가

"괜찮겠어요?" 하면서 걱정스러운 표정을 지었다. 주훈이

"괜찮아요! 내 동생이 경영자이니까 이해해 줄 거예요." 하자 그녀가

"아 참! 그러시군요!" 하며 기뻐서 '호!호!호!' 하며 얼굴에 만면의 미소를 지었다.

"주훈 씨! 내가 많이 보고 싶었어요!

어떨 땐 잠이 안 와요!

이제 어떻게 해야 하죠?" 하고 물었다. 그러자 주훈이

"아! 나도 많이 그랬어요!

그리고 보고 싶었습니다!

그런데 지금 나에겐 해결책이 없네요?

이제 나는 보고 싶은 수희 씨의 얼굴을 보았으니 정말 좋아요!

우리 저녁때이니 맛있는 것 먹으러 가요." 하였다. 그러자 수희가

"주훈 씨? 저기 말이에요!

사실 오늘 주훈 씨가 와서 다른 약속을 취소했거든요!

그런데 생각이 났어요!

오늘 밤에 초대 파티가 있거든요!

우리 거기 함께 가요." 하자 주훈이 멈칫하며

"나 때문에 약속을 취소했군요! 미안해요!" 하였다. 수희가

"주훈 씨! 아니! 무슨 말이에요?

내가 그리워하는 분이 오는데 그런 것은 하나도 안 중요해요!"

———

주훈이 '하!하!하!' 하며 크게 웃었다.

"정말 그렇게 말해 주시니 다행이고 기분이 좋습니다." 그러면서

"어떤 파티인가요?" 하고 묻자 그녀가

"조금 이색적인 파티 같은데 나도 잘 몰라요!

여기 미군 부대장과 가족이 병원에 입원했거든요!

나이 많은 할아버지 같은데 굉장히 계급이 높은가 봐요!

입원하는 동안 우리 부서 사람들과 친했어요.

그래서 이번에 '오피서 모임'에서 멋진 연회장을 새로 마련하고,
특별 파티에 우리 동료들을 초대했어요!

그리고 춤도 추니까 근사하게 오라고 했어요!" 주훈이

"그럴까요." 하면서 조금 쑥스러워했다.

두 사람은 연회장으로 함께 갔다. 그곳은 멀지 않은 바닷가 쪽
으로 위치한 호텔에 있었다. 아직은 이른 저녁이었다. 그녀가

"주훈 씨! 저기 라운지에 가서 있으시겠어요?

내가 연락하고 다녀올 때가 있어서요.

좀 더 기다려야 해요?" 주훈이

"알았어요! 기다리게요." 하였다. 그런데 파티가 시작할 때가 되
자 사람들이 들어가기 시작했다.

주훈은 그녀가 나타나기만을 궁금하게 기다렸는데 파티가 시작
되고 얼마 후에 그녀는 나타났다. 그녀의 모습이 완전히 바뀌었

다. 하얀 드레스가 더욱 빛을 받아서 실루엣이 우아하게 돋보였
다. 그녀는 주훈에게 다가와서 손을 내밀며

"자! 주훈 씨! 함께 들어가요!" 주훈이

"수희 씨! 오늘 밤 지금 너무나 아름답네요!

하얀 천사 같아요!" 하니까 수희가 방긋 웃으며

"호!호!호! 정말 그래요?

하지만 난 천사는 아니에요!" 하면서 얼굴이 빨개졌다.

커다란 연회장은 아늑하고 쾌적하며 초롱초롱한 조명과 밴드의
음악이 흥겨운 분위기를 만들었다. 그녀가 제복을 입은 머리가 하
얀 사람에게 가서 영어로 뭐라고 하며 인사를 했다. 그러자 그분
은 그녀를 보고 놀라며 크게 기뻐하면서 주훈에게 와서 악수하였
다. 주변에는 나이가 많은 미군 장교들이 보이고 가족들도 함께
보였다. 뒤쪽으로는 멀리 앞뒤가 훤하게 잘 보이는 커다란 유리
칸막이를 돌아서 건너가면, 별도의 넓은 룸에 음식과 술이 테이블
위에 마련되어 있고, 멀리서 잔잔한 음악이 흘러나오고 있었다.

두 사람이 그곳으로 들어가자 그녀를 알아본 동료들이 소리를
내며 손짓하였다. 주훈이

"아! 이곳 분위기가 이색적이며 고상하고 좋네요!" 하자 그녀도

"참 좋네요!" 하면서 자리에 앉았다. 그리고 주훈에게 술을 따르
고 건네며

"우리 먼저 한 잔 마셔요!" 그러자 주훈이

"그래요." 하며 수희의 잔에 와인을 따라 주었다. 수희가

"주훈 씨! 오늘은 우리 한번 취해 보아요!" 하면서 주훈에게 한 잔을 더 따라 주었다. 주훈이

"그럼! 그러세요!" 하면서 수희에게 한 잔을 더 따라 주었다. 수희의 얼굴이 더 붉게 타올랐다. 수희가

"날 쳐다보지 마세요!" 하면서 손으로 얼굴을 가렸다. 주훈이 '하하하하' 하며 웃었다.

그런데 조금 시간이 지나자 유리 칸막이 건너편에서 연주가 들려온 것 같아서 보니 아마도 댄스가 시작된 것 같았다.

"주훈 씨! 우리 저편으로 다시 건너가요." 주훈이

"그럴까요." 하며 그곳으로 가서 잠시 앉아 있는데 웨이터가 특별 신청곡을 받으러 다가오자 그녀는 곡을 써 주었다.

감미로운 곡이 나오자

"주훈 씨! 우리 나가서 춤추어요!" 하며 손을 내밀었다. 주훈이 그녀와 춤을 추기 시작하자 머리가 하얀 분도 부인과 함께 나왔다. 부인이 그녀를 쳐다보며 인사를 하는 듯했다. 그녀는 주훈의 가슴에 얼굴을 가까이 기대었다.

"주훈 씨! 다른 사람들 쳐다보지 말고 나만 보셔야 해요!" 주훈이

"예! 알았어요." 하며 그녀의 얼굴을 보았다. 그녀는 얼굴이 상

기되어 빨개지자 눈을 주훈의 가슴에 묻고 설레었다. 주훈은 그녀가 리드하는 대로 따라서 해 주었다.

음악과 함께 댄스가 계속되고 마침내 곡이 끝나자, 주위에서 그들의 매력에 끌려 한바탕 박수를 보내 주면서 여기저기 뭐라고들 하며 소리를 크게 내었다. 그러자 그녀가 주훈의 눈을 보면서 가슴이 마구 뛰고 있었다. 주훈은 그녀를 안고 키스해 주었다. 다시 박수 소리가 여기저기 들리었다. 나오면서 주훈이

"우리 춤이 좋았나 봐요!

그리고 곡이 참 멋지고 좋은 것 같아요!" 하자 그녀가

"주훈 씨! 잘하시네요!" 하면서 다시 얼굴이 빨개졌다. 그러면서

"이 곡은 〈테네시 왈츠〉라고 해요.

어릴 때 아버지가 좋아했던 노래이거든요.

어머니랑 춤추는 것을 옆에서 가끔 보았어요!" 하며 싱긋 웃었다. 그리고는

"주훈 씨, 우리 가서 술이랑 음식 먹고 와서 한 번 더 추어요!" 하였다.

그녀는 오늘따라 멋있게 춤을 추었다. 주훈이 옆에 있으니 더욱 즐거워하였다. 주훈은 그녀가 취기가 커지자 그녀의 숙소 가까이 바래다주고 작별 인사를 하였다.

"수희 씨! 좋은 밤 잘 자요!

돌아가 봐야 합니다." 그녀가

"또 올 거죠? 안 오면 안 돼요!" 하자 주훈이

"그래요! 또 와야죠!

나는 반드시 와야 합니다.

수희 씨가 여기에 있으니까요!" 하였다.

#31
그녀의 멋쩍은 행동

주훈은 한국으로 돌아온 지 얼마 안 되었는데 다시 괌으로 가고 싶었다. 그런데 그녀가 전화하여 곧 한국으로 온다고 했다. 주훈은 그녀에게 다시 전화했다. 크리스마스가 다가오는데 한국에 오게 되면 백화점에서 크리스마스 선물을 사 주겠다고 하자 그녀는 기뻐하며 약속을 정하였다.

그녀를 만나서 기쁨으로 백화점에 함께 들어선 주훈은 상당히 어색했다. 그녀가

"그전에 여자 친구와 한 번도 백화점에 가 본 적이 없어요?" 하고 물었다.

"예! 사실 난 백화점에 여자와 함께 들어와 본 적이 없습니다.

그러니 무엇을 살 것인가?

무엇이 수희 씨 마음에 드는지 잘 몰라요.

수희 씨는 시간적으로 여기에 올 기회가 거의 없으니 꼭 마음에 드는 것 사 주고 싶습니다." 하자 수희가

"고마워요! 주훈 씨!

그렇게 생각해 주셔서!

나도 주훈 씨 마음에 드는 것을 갖고 싶어요." 하였다. 주훈이

"아녜요! 우선은 수희 씨 마음에 드는 것을 고르세요.

나는 그것이 좋습니다." 했다.

"정말 그러세요?

난 그래도 주훈 씨도 좋아하는 것을 찾고 싶어요." 주훈이

"아니? 아직 무엇을 살 것인가 정하지도 않았는데!

너무 우리가 앞서가면서 말을 하네요!" 하면서 '하하하' 웃었다. 그러자 수희도

"그러게요! 호호호호." 하며 웃어 버렸다.

그녀가

"자! 그럼, 우리 들어가서 둘러보며 구경을 먼저 해요!" 하고 주훈의 손을 잡았다. 주훈은 예의를 갖추어서

"물론입니다!" 하고 대답하였다. 갑작스런 정중한 표현에 수희가 말했다.

"주훈 씨는 평소에 '물론입니다'라는 표현은 자주 쓰세요?" 그러자 주훈이

"아닙니다! 거의 사용한 적이 없는데 오늘 내 옆에 수희 씨를 주인공으로 모시고 구경한다는 마음가짐에서 선뜻 나도 모르게 표현이 되었습니다." 하자 수희는 '깔깔깔' 웃으며

"내가 갑자기 주훈 씨의 그런 모습에 섬찟 놀랐어요."

"자 그럼 들어갈까요?" 두 사람은 백화점 에스컬레이터를 타고 2층으로 올라가서 둘러보다가 겨울 용품의 의상 코너에 들렀다. 주훈이

"이제 겨울이 다가와요!

앞으로 추워질 테니까 마음에 드는 것 찾아보세요." 하였다. 그러자 수희가

"아니! 뭐예요? 겨울 용품을 사라고요?

거기는 뜨거운 곳인데요?" 하고 주훈을 쳐다보았다. 주훈이

"아이구! 내가 큰 실수를 했네요." 하자 그녀가 '호호호호' 웃으며

"괜찮아요! 난 내년에 한국으로 꼭 올 거예요!" 하면서 즐거워하였다. 그녀는 눈앞에 보이는 머플러를 보고 가져다가 목에 걸쳐보았다. 그러면서

"주훈 씨! 이것 내게 어떻게 보여요?" 하자 주훈이 그녀를 보면서

"근사하고 멋지게 어울려요.

아주 딱입니다. 좋아요!

마음에 들어요! 그것 하세요!" 하고는

"그럼, 결정하시는 것입니다." 하였다. 그러자 수희가

"아니! 뭐가 그리 성급해요?

나는 아직 다 둘러보지도 않았는데 처음부터 단번에 선택하고 싶지 않아요!

나중에 결정해요.

더 둘러봐서 더 마음에 든 것이 없을 때 사 주세요." 하였다. 주훈이 쑥스러워하면서

"아! 그런가요? 그럼 그렇게 해요!" 하며 무안해하였다.

사실 주훈은 여자와 함께 이렇게 백화점을 둘러보는 것은 처음이었다. 그래서 그녀 앞에서 마음이 설레여서 자신이 어찌할 바를 몰랐다. 주훈의 타고난 성품은 예전에도 그랬듯이 마음에 끌리는 것이 있으면 다른 것을 살펴보지도 않고 하나에만 집착하여 마음을 결정할 때가 종종 있었다.

두 사람은 보석 코너 옆을 지나가다가 그녀가 멈칫거리자 주훈이 얼른 말했다.

"수희 씨에게 마음에 드는 것 하나 해 주고 싶어요!" 그러자 그녀가

"주훈 씨! 내가 그래도 돼요?"

"예! 물론입니다." 하니

"주훈 씨! 고마워요. 내가 고르는 것은 상당히 비쌀 것 같은데요?" 하고 말했다. 주훈이

"수희 씨가 원한다면 다 해 드리고 싶어요!" 그러자

"왜요? 나에게 그렇게 해 주고 싶어요?" 하고 물었다. 주훈이 그녀의 얼굴을 보며

"말했잖아요? 그건 수희 씨에 대한 내 마음이라고!" 그러자

"호호호. 그러세요!" 하며 안으로 들어갔다. 주훈이

"수희 씨! 여기에 커플링이 있는데요!" 하고 말했다. 수희가

"우리는 아직 정식 커플이 아니잖아요?" 하고 말했다. 주훈이 멈칫하며

"우리가 서로 좋아하는 사이 아닌가요?" 하고 물었다. 그녀가 '호호호' 하며 방긋 웃으면서 주훈을 쳐다보았다. 주훈의 어정쩡한 표정을 보며

"주훈 씨! 다시 한번 여기서 나를 좋아한다는 말해 보세요." 하였다. 주훈이

"사람들이 보는데 괜찮겠어요?" 하면서 그녀의 눈을 보았다. 그녀의 눈에서 강열한 빛을 느꼈다. 주훈이 빨리

"수희 씨! 사랑해요!" 하고 말했다. 그러자 그녀가 곧바로

"저도요! 그럼 됐어요!" 하면서 하나를 고르더니

"이게 좋은 것 같아요!

주훈 씨! 자! 손을 내밀어 보세요. 이렇게요!" 하며 주훈의 손에 반지를 끼워 주었다. 그리고 반지를 주훈에게 주면서 자신을 손을 내밀며 손가락을 펼쳤다.

"자! 어서요! 여기 손가락에다가요!" 주훈은 갑자기 반지를 받아들고 쑥스러워졌다. 곧 그녀의 예쁜 손가락에 반지를 끼워 주었다. 뽀얗고 가느다란 그녀의 손가락에 반지가 반짝거렸다.

그녀가 말했다.

"주훈 씨와 나는 반지를 끼웠으니 커플로 다시 시작하는 거예요! 예전의 우리 사이는 주고받은 표현이 있더라도 중요하지 않아요!

지금부터 우리가 커플로서 관계가 시작되는 것이어요!" 하고 말했다. 주훈이

"난 한 번도 커플링을 해 본 적이 없어요." 하고 말하자 그녀가

"그럼 이번이 처음이라는 말이 되네요?" 하며 주훈을 보았다.

"예 맞아요! 나는 너무 좋아요!

수희 씨의 말대로 지금부터 시작입니다.

절대로 딴 마음이 없을 것입니다." 하자

"주훈 씨가 반지를 나에게서 뺏어 가지 않은 한 이 반지는 여기 손가락에 항상 끼워 있을 거예요." 하면서 그녀는 기쁨에 넘치는 표정을 짓다가 눈시울을 적셨다. 주훈도 마음이 뿌듯했다.

사실 주훈은 커플링을 갓 젊은 사람들이 하는 것 많이 보아 왔지만 자신이 커플링을 하니 기분이 너무 좋았다.

그녀가 갑자기

"우리 커플링 했으니 저기 가서 사진 찍어요.

봐요! 저기에 사람들이 카메라 앞에서 사진을 찍고 있잖아요.

빨리 가요!" 하며

"주인아주머니? 내 가방 여기 놓고, 저기 가서 사진 찍고 바로 올게요." 하며 수희는 주훈을 데리고 사진 촬영을 해 주는 곳으로 갔다.

"자! 우리 손을 마주 붙이고 크게 웃으면서 이렇게 사진을 찍어요!" 하고 손을 내밀었다. 주훈은 그녀가 하고자 하는 행동에 상당히 멋쩍었지만 행복감을 느꼈다.

곧바로 사진이 나와서 가져다주었다. 주훈이

"사진이 귀엽게 나왔네요!" 하고 웃었다. 그러자

"주훈 씨는 내가 귀엽게 보여요?" 하고 물었다.

"예! 볼수록 귀엽고 예뻐 보입니다."라고 하자

"그 말을 어쩌다가 듣기는 하지만 참 오랜만에 들어 보네요!" 하고 말했다.

"글쎄요? 그런 표현을 수희 씨 앞에서 자주 안 한 사람이 바보처럼 보입니다." 그러자 그녀가 '호호호' 하고 크게 웃고는

"정말 내가 예전엔 예뻤다고요!"라고 말했다. 주훈이

"지금도 똑같이 예뻐요!" 그러자 그녀가

"정말이에요! 한때는 나를 쳐다보는 남자들의 입이 벙어리라고 생각하면서 지냈어요." 주훈이

"그럼 나는 벙어리가 아닌가요?" 수희가

"뭐예요? 주훈 씨가 벙어리라면 나도 저 산 밑에 바윗돌 같은 목석입니다.

하루 종일 누구에게 한마디도 안 할 거예요!" 주훈이

"아이구! 그 목석을 내가 들어서 집에다 갖다 놓을 거예요." 그러자

"옛! 뭐예요?" 두 사람은 서로 보며 크게 한바탕 웃었다.

주훈이 말했다.

"강아지는 자기 주인이 못생겼다고, 예쁘지 않다고 절대 도망가지 않아요.

주인과 함께 있기만 하면 마냥 즐겁기만 합니다." 그러자 수희가

"그럼! 우리 중에 누가 강아지가 되는 건가요?" 하며 물었다. 주훈이 말을 머뭇거리다가

"내가 강아지인 것 같습니다." 하자 그녀가 소리를 참지 못하고 크게 웃었다. 주훈도 따라 웃었다.

#32
애정이 꽃피는 화원

주훈은 수희를 만나서 다시금 청혼했다. 두 사람은 시골의 교회에서 조용히 결혼하였다. 그녀의 몇몇 가족과 주훈의 동생, 누님들, 아버지와 치매가 깊은 어머니만 참석했다. 결혼식이 끝나고두 사람은 괌으로 갔다. 한국에서 살게 되는 그녀가 동료들을 초대하고 인사하기 위해서였다. 괌에서 파티가 끝나고 두 사람은 사랑의 절벽으로 갔다. 그곳은 파티 장소에서 가까운 곳에 있었다. 주훈은 게시판에 이야기를 다시 읽었다. 그리고 나오다가 사랑의종에서 발길을 멈추고 수희가 아래로 들어서니 주훈도 따라 함께하였다. 그리고 종을 울렸다. 이때 따라온 몇몇 동료들이 환호와박수를 보냈다.

아침에 출근하려는 주훈이 수희에게 말했다.

"요즈음 너무 일에 바빠서 미안해!

내가 살아 있는 것조차 잊을 정도로 하루를 정신없이 보내는 것 같아!

내가 당신께 미안해!

그런데 난 지금 너무 행복해!

수희가 내 옆에 있으니까!" 그러자 수희가

"나도 당신이 행복했으면 좋겠어요!" 하였다. 주훈이

"난 당신을 사랑해!" 하면서 수희의 손목을 잡으며 이마에 키스했다.

"난 당신을 행복하게 해 주고 싶어!" 하자 수희가 웃으면서

"정말이지요? 말로만 그러지 마세요!" 주훈이

"당신이 원하는 모든 것을 다해 줄 거야!

당신이 가고 싶다면 저 별나라에도 데려갈 거야!" 하고 말하자

"그래요? 나는 가고 싶어요!" 하며 기뻐하였다. 그러자 주훈이

"사실 난 며칠 전에 꿈을 꾸었는데 작년에 다녀왔던 뉴질랜드에 내가 있었어!

그런데 어젯밤 꿈에는 이상한 별나라를 다녀왔어!

모두 다 나무가 우거진 멋진 곳인데 거기에서 달콤하고 아주 맛있는 열매를 따 먹었지 뭐야!

———

그래서 수희를 그곳으로 데려가고 싶어!" 하였다. 그러자 수희가

"나도 거기에 꼭 가 보고 싶어요!" 하였다.

"그럼! 오늘 밤 잠잘 때 꼭 내 곁에 붙어 있어야 해 알았지!" 하며 '하!하!하!' 주훈이 소리 내어 웃었다.

"나를 꼭 잡아야 해!

우린 같이 항해하는 거야! 꿈속에서는 빛보다 빠르니까 꿈속 여행은 아무리 먼 곳도 곧바로 금방 갔다 올 수가 있어!" 그러자 수희가

"아니? 주훈 씨! 또 무슨 말을 하려고 하는 거예요?

예! 알았어요!" 하면서 양팔로 주훈의 허리를 꼭 감싸고

"이렇게요?" 하고 '호호호' 웃었다. 그러자 주훈도 수희의 기뻐하는 눈빛을 보자 팔로 감싸 주며 포옹하였다.

두 사람은 다시 서로를 마주 보면서 싱글벙글하며 웃었다.

어느 날 주훈은 저만큼에서 무엇하고 있는 그녀를 바라보고 기분이 상기되었다. 그녀는 따뜻한 앞뜰에 자라는 화초들과 꽴에서 가져온 꽃에 물을 주고 있었다.

"나는 그녀를 끝없이 사랑한다.

하지만 내가 그녀에게 사랑한다고 몇 번을 말해도 별로 소용이 없다.

내가 그녀를 사랑하던 안 하던 아랑곳없이 그녀가 나를 사랑하

기 때문이다.

지금 내 곁에 있는 그녀는 나를 떠나지 않고 지켜 주고 있다.

지난번에 나를 사랑한다고 하며 내 곁에 영원히 머무르고 싶다는 그녀의 말에 나는 너무 행복을 느끼고 키스했다.

그리고 그녀를 안아 주었다.

그녀는 눈물을 흘렸다.

나도 눈물을 흘리고 다시 꼭 껴안아 주었다.

그런데 나는 그녀에게 사랑한다고 말을 못 할 때가 어쩌다가 간혹 있다.

만약 내가 사랑한다고 말해 준다면 그것은 그토록 보고 싶고 지금도 가슴속에 남아 있는 서진이에게 위선이기 때문이다.

하지만 지금 나는 내 곁에 있는 수희 씨를 사랑한다.

맞아! 지금 나는 내 앞에 있는 그녀를 확실히 사랑하는 거야!"

주훈은 가까이 다가가서 그녀의 얼굴을 쳐다보았다. 그러자 주훈을 간절히 바라보는 그녀의 빛나는 눈을 보았다. 주훈은 눈물이 핑 돌았다. 그리고 가슴이 쾅쾅 하며 마구 불타올랐다. 주훈은 그녀의 얼굴에 그의 얼굴을 대고, 꼭 껴안으며 사랑한다고 말하였다.

"나 당신을 사랑해!" 그녀가

"나도 사랑해요!" 하며 주훈의 눈빛을 보았다. 주훈의 눈에서 그윽한 영혼의 빛이 그녀를 비추고 있었다. 수희는 마음속에서 이렇게 떠올렸다.

'이 사람이 나에게 수없이 사랑한다고 말을 해도 나는 확신을 못한다. 분명한 것은 내가 이 사람을 사랑한다는 것이다. 아직도 변함없이 나는 주훈 씨를 사랑하고 있다.' 1년 뒤 수희는 아이를 가졌다.

청풍신명

이용두 지음 | 348쪽 | 책과나무

1555년 5월 25일, 날이 밝아 오자 영암성에서 대대적인 전투가 벌어질 것이라는 전갈이 나주성에 도착했다. "아! 영암성이 이제 막 위태로울 지경에 온 것인가! 지금 어떻게 해야 하는가! 그리고 윤경 형님의 목숨이 위태롭다. 내가 영암성을 구원할 방도가 더 무엇인가?" 준경은 정심을 가다듬었다. 하늘에서 내려 주는 뜻을 기리고, 기운을 모아서 영암성에 집중하며……

이때 잠잠하던 날씨가 갑자기 서풍이 거세게 불어 왜적의 진영을 휩쓸었다. 이윤경의 궁수들은 이 기회를 놓치지 않고 적진을 향하여 화전을 집중적으로 퍼부었다. 많은 불화살이 멀리 있는 왜적의 진영에까지 날아가서 왜적의 진영은 온통 화염에 휩싸였다.   - 을묘왜변에서

이준경은 죽으면서 나라를 걱정하여 곧 당파분쟁이 일어날 것을 크게 염려하였다. 그래서 임금께 이를 막을 수 있는 진서를 올렸지만, 율곡은 노인이 말이 악하여 별소리를 다 한다고 일축하였으니, 당시 앞날을 준비하는 태세가 아쉬웠다.   - 당파분쟁 예고와 차단

양호 향천의 여상

이용두 지음 | 234쪽 | 책과나무

379년 만에 찾은 미라와 편지.

그 감춰진 사랑과 전쟁, 숨 가쁜 삶의 가족 이야기.

"임께서 마지막 세상을 떠나시는 날 나는 가슴이 덜컹 내려앉았습니다. 눈물이 솟고 가슴이 아프고 허망했지만, 그래도 당신과 함께한 10년의 세월은 나에겐 소중한 날들이었습니다. 비록 당신 곁에 눕지는 못하더라도 언제나 저에게 말씀하시고 그리워했던 남쪽의 물 맑은 향촌에서, 임이 주신 것을 가슴에 품고 편히 잠들고자 합니다."

2016년, 전남 곡성군에서 379년 전에 매장된 것으로 추정되는 미라가 편지들과 함께 발견되었는데……

더
붉은
여인

ⓒ 이용두, 2023

초판 1쇄 발행 2023년 6월 14일

지은이	이용두
펴낸이	이기봉
편집	좋은땅 편집팀
펴낸곳	도서출판 좋은땅
주소	서울특별시 마포구 양화로12길 26 지월드빌딩 (서교동 395-7)
전화	02)374-8616~7
팩스	02)374-8614
이메일	gworldbook@naver.com
홈페이지	www.g-world.co.kr

ISBN   979-11-388-1942-8 (03810)